守书人

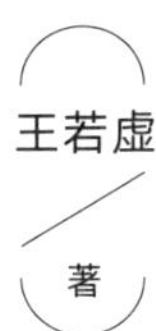

上海文艺出版社

•

目录

腰封无用
001

试毒警告
071

公益杀手
097

看着烂片长大
112

没有歌词的女流氓
129

守书人
155

身份证请登记下
172

•

腰封无用

他曾经有个异常鲁莽而大胆的念头，想把下一部短篇小说取名为《傻逼》。这个题目好像是从万米高空处忽然劈下来的，让他整个脑仁都闪闪发光。

过目难忘，直指人心。读者一定会把作者名字念上两遍：秦玉玺，（微微点头）嗯……有意思。

他的责任编辑本来是个表情包狂人，看到这个小说标题，在微信对话框闷头输入了好一会儿，最后蹦出两个字：不行。

《爱琦》杂志算不上业内第一流的刊物，但长期以来保持着良好的读者口碑和薰衣草精油般的审美格调，一篇名为《傻逼》的文章会毁了编辑部十多年来的努力，同时被主管部门请去谈话。

责编好言相劝，让他不用再操心这件事，“我会帮你起一个更加合适的标题。”

他知道所谓的“合适”是什么风格：绵软无力、稀稀拉拉的一句短语，像是从上世纪末高中女生日记本里摘出来的词句，朗朗上口，过目即忘。翻开一本《爱琦》，目录里都是这种近亲繁殖的文章标题，要是赶巧了，光这些标题就能凑成一篇无病呻吟的散文。

其实他已经做了让步，本来还想叫《傻逼！傻逼！》，但为了更加简洁有力才缩减为两个字。放下手机，他气鼓鼓地盯着工作台上那辆还没接上履带的豹2坦克看了一会儿，起身走到洗手间门口，问，凭什么陀思妥耶夫斯基的小说可以叫《白痴》，我的就不能叫《傻逼》？

隔着门板的是他的女朋友杜松，才进去不到半分钟。他曾经一厢情愿地认为，像她这样完美无缺的姑娘，就算上个小号也应该是叠着职场二郎腿的，后来他才明白这在人体构造学上不可能实现。

她的声音清晰地从门那头传来，丝毫没有被打扰的愤怒："先不去管陀思妥耶夫斯基，你想想看，要是真用了这个题目，杂志目录上就会变成'《傻逼》………………秦玉玺'。"

她盖上盖子，抽水，洗手，更糟糕的可能性也源源而来——如果有人在网上百度他，相关链接就是"秦玉玺　傻逼"或者"秦玉玺的傻逼"。

"你用的不是笔名，是真名，傻狗。"她走出厕所，目光中充满怜悯，用湿漉漉的手拍拍他的脸。

他以前只顾着钦佩陀老起书名的果敢勇毅，倒是忘了这个细节。不过老先生已经功成名就、脑袋谢顶、入土多年，早就不在乎了。

他坐回工作台前：“反正，我要买两瓶指甲油，把这坦克的迷彩涂成樱桃红和蒂芙尼蓝，寄到他们编辑部去。”

女孩在客厅沙发上耸耸肩，用手指戳了下在脚边打盹的小猫。

杜松这样的女孩子为什么会选择和他在一起，这是写作圈的一个未解之谜，答案也许近乎玄学范畴。

她表哥是久负盛名的八零后作家杜胤尧，身上插着“实力派”和“性格派”的标签，就算用武汉市骂作为小说标题，《爱琦》主编也会冒着生命危险照原样刊发。她父亲在中学当校长，堂姐是青年美声歌唱家，上过 2009 年的春晚，还有个伯伯专门翻译西班牙语文学。当年她进苏州大学念广告设计时，艺考分数全系第一，之后每年都拿奖学金。

论长相，七分像香港女星张敏，三分像戛纳影后阿佳妮，八零后写作圈“四美”的名单无论再怎么随时代而变化（或者有人整容出了意外），杜松都稳居其中。但她的微博不用真名，不发自拍，不关注熟人，像个水军号。朋友圈仅三天可见，偶尔有一张同事或者同学聚餐的合影，漂亮的五官大隐于市。

有个擅写爱情小说、相亲九次未果的女作家曾跟闺蜜放话说，我要有她那长相身材，非把写作圈搅得腥风血雨不可。

反观她这位男朋友，除了皮肤白，长相平凡无奇，却被圈内人唤作“大杀的上海小白脸”。

其实他老家在常州，上海读的大学，因为英语四级没过，连二本学位都没有，就一张毕业证。他对这个绰号很愤慨，多次言明自己的出身，表示为家乡自豪，但希望老天不要让他回老家，最好能永远在上海这座城市里享受自由——他已经 26 岁了，回家的结局一眼可以看到头：被迫帮着家里做生意，被催着结婚生子，然后在周末的大清早上带小孩去恐龙园看霸王龙或者到天目湖吃砂锅鱼头……这些东西他自己在 16 岁时就已经厌倦了。

毕业后他先在一家很小的游戏公司当策划，该公司的人事主管兼着前台，财务人员客串食堂厨子。在里面干了一年，做网页游戏，觉得又累又在诈骗社会底层人群，遂辞职开起了淘宝店，专卖军事模型。每次和上游供货商打电话时，他都感觉像个被国际刑警通缉的军火商。

从某种角度上说，他也算半个上海小白脸了，至少能在大街上轻易分辨出日本人和韩国人：日本人耐热，入夏了还穿西服打领带；韩国人抗寒，大冬天穿裤衩和拖鞋上街。对他这种一年四季都想窝在空调房里的人而言，这帮人都是神经病。

另一方面，他又毫不羞愧地自认为文学青年，并始终俯视着“文艺青年”这个词。二者一字之差，失之千里。

“文艺青年，意味着皮囊好看、穿衣有品、爱听民谣、追逐潮流，去书店拍照多过看书，看的也都是旅游生活心灵类畅销书，旅行首选地不是丽江、凤凰就是拉萨、台北，没有滤镜不发照片。”人人网还没彻底没落的时候，他发过这么一篇点击量过四十万的日志，“他们以自己精神上有隐疾为傲，想法一大堆，但从来没有真正创造出什么来，除了不断刷新的文创产品的销售额。”

“文学青年呢，他们是群土鳖，不修边幅，神神叨叨，是成功学讲座的反面案例，是镜子里的画家，你不知道他们几时会湮灭、爆发，或者自杀，他们带不来金钱和赏心悦目，但他们的的确确是创造者。”

这篇文章打击面和传播范围太广，以至于大家都忽略了作者本人。后来他和杜松刚刚认识，无意中提及这篇文章。杜松说看过，“全是臆想，有点胡说八道。”当时他正在帮她检查无线路由器，悄悄抹了把脸，道，说得太对了。

写那篇文章时，他还在社会学专业念大二，雄心万丈的年纪，每天早上醒来要勃起四次，心中的文学偶像刚从 J. K. 罗琳、帕慕克复古到了马尔克斯和托尔斯泰身上，可惜对《百年孤独》《战争与和平》的评价除了天马行空、波澜壮阔之外没别的词好用了，再聊下去天马流星拳和钻石星辰拳就该使出来了。

他曾突发奇想，想把马老的魔幻现实主义和托老的批判现实主义糅合起来，研发出全新的魔幻批判超现实主义，便去找考进中文系的高中学长讨论。学长听他说了一堆，最大的感悟是当初高考志愿应该选会计专业。

之后几年，他参加了数不清的网上或线下的文学比赛。有一次被逼急了，给微博小说大赛的官方号发私信：“我为你们的有眼无珠感到十分失望。”

市面上出现哪本风头正劲的新杂志或主题书，他就往对方邮箱里狂轰滥炸，一封邮件里要附十多篇小说，正文里还写：“我愿出 100 块打赌，你们不会用其中任何一篇。”

这种小花招无济于事，很多杂志的投稿邮箱都是实习生在翻，或者某个责编让主编看着不顺眼，被判在此地服刑。特立独行但文章质量不过关的投稿者，只能给编辑部的闲聊添加一点调料而已。

屡战屡败期间，他经历了三次四级考试，一次论文导师行贿，一次毕业典礼（秦母流下了激动的泪水），四次喝酒断片，面试九次，遭窃一次，被骗一次，小臂骨折一次，搬家两次。

就在他搬到闸北区、和杜松成为邻居没多久，有天夜里《爱琦》杂志的主编严重失眠，咽下六片安眠药也不管用，再吃就是自杀了，凌晨四点登录投稿邮箱，无意中翻到他的小说《绿鲸发射火焰弹》，短小精悍三千字，语言如群魔乱舞，逻辑更是神出鬼没，其中一句“态度发生了360度大转弯”让她笑得肚子疼。

隔天开会，新刊定稿，约好的成熟作家放鸽子，空出三千字版面，主编想到那晚的“360度大转弯”，就让编辑找出来给发了。

因为篇幅太短，读者虽然读得一头雾水，但也不至于写信投诉，反而在百度贴吧里讨论起来小说寓意。责编见他是主编钦点的，以为有什么背景，不敢多问，加了QQ保持联络，元旦前还给他寄了张杂志的订制贺卡。

薄薄一张纸，意义非同小可，意味着他有了自由撰稿人的新身份，贺卡是对他多年来辛勤笔耕的认可。因为是真名发表，不可能有假，他把杂志和贺卡寄给老家父母，进行成果展示，然后心安理得地辞了职。自由撰稿人是不能有正式工作的，尤其是厌倦了朝九晚五而家里条件又很富裕的情况下。

那时他已经跟杜松谈起了恋爱，小说的发表让他在杜胤尧表妹面前稍微有了点底气，可惜还不够硬，最好能出一本书。连他自己都觉得这个计划有些冒进，有这工夫还不如先想下再次搬家的事情。

提起搬家，是另一把辛酸泪。

他从初中起就向往这座东方魔都，费尽心力考过来，结果分到的校区紧贴杭州湾，到浙江嘉兴比到人民广场更近，当地人去市中心都叫“去上海”，单程耗时150分钟——他从老家常州坐高铁到上海火车站，不过一小时而已。

在杭州湾边上吹了四年海风，看了四年可能是全中国最难看的大海，总算进城找工作去了。先在黄浦区住一年多，后来搬到闸北区的延长路，遇到真命天女杜松。满打满算住了四个月，杜设计师从原来的广告公司跳了槽，新供职的地产公司总部在松江区的地中海广场，离市区很远，必须搬过去。

他一个无业游民兼自由撰稿人，如果不想分手，也得跟着出城，前往另一个“伪上海”。

搬家那天，他的模型、杜松的衣服、化妆品和设计书籍占据了卡车的绝大部分空间。新住处在七楼，面积大，房租便宜，次卧兼具衣帽间和仓库双重功效。他的工作台就在客厅一角，靠近窗户，便于让模型的胶水和油漆快速散味。他除了卖盒装模型，还销售一些自己做好的成品，价格要翻一倍，上完涂装的话还要加钱。主力买家是那些娶妻生子、没有太多业余时间的前资深宅男，或者动手能力不足但又想在同学面前嘚瑟的有钱小学生。他可以闭着眼睛说出前苏联 T－35 多炮塔坦克和兄弟车 T－28 的全部区别，但就算盯着杜松的两支口红看上一小时也分辨不出两个色号的差别，或者这件白衬衫和那件白衬衫有何不同。

新房东允许他们养宠物（除了蛇，和房东生肖犯冲），没几天杜松就抱回一只四个月大的棕毛金吉拉，身价三千，取名肉松。她时常加班，喂食、梳毛、铲砂、擦眼屎、剪指甲、接送洗澡的任务都落在他头上。晚上七八点女友回到家，第一件事是逗猫，其次才是和他说话，睡觉时还公然允许它爬上床，卧在两人枕头中间，一般都是屁股对着男方。翌日他一觉醒来，女友已经出门，留下洗手间一地长发和满世界的猫毛等着收拾。

“杜松是猫奴，你是杜松奴。”老同学在微信那头毫不客气地嘲他。这哥们是他的高中同桌，当年考了警校，现在老家派出所上班。他一有感情上的风声鹤唳，就要找对方做心理建设——

杜松换了新公司，“她以前的公司还好，现在的公司直男人多，怎么办？”

租新房子杜松坚持不要男友出钱，“她这算是独立要强还是准备随时把我扫地出门？”

“你说我要不要做便当送去她单位？”

“我这学历去应聘地产公司，会要我吗？”

“你是警察，能查开房记录吗？”

最后这个问题，对方打了半天字，最后发给他一个抽耳光的表情。时间久了，老同学也吃不消，会打断他的絮叨：“不说了，我要扫黄/抓赌/查酒驾/缉毒/洗澡去了。”

有一次老同学洗澡回来，拿起手机，他在微信里煞有其事地宣布：“我想明白了，必须要出一本书。”

如果说上个世纪某些人还一厢情愿地认定出书是具有神圣性的行为，那么这个世纪还可以加上一个稀缺性。业内业外都在喊着纸质出版衰落，给人感觉出实体书的机会越来越像濒临灭绝的野生物种。

他出书的几率基本上可以被认定为“野外灭绝”等级。

不像杂志社，出版社是允许一稿多投的。他通过网上搜索和《爱琦》责编的指路，找了不下三十家出版社。等回复的难熬程度堪比等高考成绩，高考不过四五门，有明确的公布日期，这个却漫漫无绝期。三个月过去，动静全无，家里的肉松都已经学会了如何使用人类的抽水马桶。

他只能求助 QQ 空间和朋友圈，问谁有出版社的资源。很快企鹅小标就闪了，备注名“隆美尔”，分组是“不大联系”。他查了下聊天记录，又和对方互探了下虚实，这才想起来此人乃何方神圣。

他刚开始做模型生意那阵子，跟一群军迷玩得挺近，其中包括他最早的合作伙伴。他们时不时要穿着各时代各国家的军装出去聚会，那情形就像时空漩涡造成的历史课本大杂烩：“沙漠风暴”行动中的美国装甲兵，白帽子的法国外籍军团，中途岛的海军陆战队，诺曼底的空降兵，英国 SAS 空勤团，苏联内务部队大校……也有专门的主题聚会，他就是在一个“第三帝国”的活动上遇到这位“隆美尔”的，出于政治考虑，与会者都没有佩戴纳粹徽章。这位山寨版“隆美尔”又黑又瘦，根本撑不起那身灰色陆军元帅服，更像个保安。

此人姓龙名然，江湖人称老龙，没有固定工作，曾在《笔迹》杂志上发过小说，据称跟圈内几个大佬很熟悉，听说秦掌柜也写小说，就聊了聊，留了QQ号码，还答应把他的稿子引荐给《笔迹》编辑。

没过多久老龙就找他了，不过没提稿子的事，而是借钱救急，数额也不多，两百块。他毫不在意，后来都忘了有这笔债。再后来因为模型进价有猫腻的问题他跟合伙人分道扬镳，再也没接触过那个军迷圈子，只听说老龙几乎问每个人都借了钱，数额不大，从未归还。

老龙这次王者归来，倒是直截了当，不提《笔迹》，不提还钱，只是问：“自费出版听过吗？我有门路，很优惠，正规出版社。”

“自费的……还是算了吧。”

老龙说没事，你想通了就找我。接着补上一句：“反正我已经看透出版行业了。”

过了两星期，他主动去敲老龙：“自费大概多少钱？”

老龙表示，现在书号贵，查得严，以前一两万，现在要三万到三万五。我跟编辑熟，给你三万，加上乱七八糟装帧排版，三万三，至于印刷费，看你要印多少、用什么纸，一分价钱一分货，你真心想出的话，最好备着六万块，或者五万也行。

他有张银行卡里存着七万多块，是父母当初给他做模型生意的投资余款，现在正好派上用场，代价是未来一段时间他没办法进新货了，但和女朋友比起来，这些钱财宛如粪土。

老龙介绍的出版社就在邻省，高铁两小时即到，他专门跑了一次。那楼有点破旧，但也弥漫着文化积淀的味道，楼道和办公室里堆满了书，大门口的牌子看上去二十年没擦过，更显得历史悠久，资格老道，不像是卷款跑路的那种。一楼大厅里还挂着各种奖杯、锦旗，不过看起来该社上一次获得行业奖项时，肯德基还没进入中国市场。

谈好条件，签掉合同，交了一半的钱，他归心似箭，来的时候他就已经想好，这本小说集的封面要交给女朋友来设计。

杜松 2008 年还在上大学的时候就给表哥做过一次封面设计师，后来杜胤尧几个作家朋友（全是男的）出新书都来找她帮忙，完事之后硬要请她单独吃饭作为感谢，杜设计师被逼得退隐江湖。这次男友出书，无论如何总要亲自出马。她开玩笑问，你会专门留一页写着“献给杜松”吗？被回：恨不得直接印在封面上。女孩笑笑，说，傻狗。

书的勒口上还要放作者简介。他苦思许久，写了一段发给设计师。杜松指着其中一句“自幼喜好文学”道，你土不土啊？离退休干部自费出书都喜欢写这句，你才 26，别弄得跟 62 似的。他那时正在给肉松剪指甲，抹了把脸道，你说了算。

出版社那边同时也在进行三审三校，在删除了文中的七处“阳具”、九处“自慰”和十八处“乳房”之后，他的书纯洁得宛如新生婴儿。为了把自费出版弄得像普通出版，书的塑封和腰封都不能少。编辑说没问题，加钱。他又打过去一笔款子，接下去就琢磨腰封上该放什么内容。

他自己就是豆瓣网的“恨腰封”小组成员，组龄五年，以前经常吐槽腰封是一种不合理的存在，尤其是名家推荐的那种。有位著名文化人穆老师，自己出书不勤，三天两头出现在各种新书的腰封推荐上，一年最高可达 40 本，足以用人尽可夫来形容，小组长称其为“腰封皇帝”。去年还有本照理会很火的畅销书结果扑了街，腰封上密密麻麻写了二十个推荐人名字，他还落井下石，说再加两位就可以在腰封上踢一场足球赛。

如今攻防转换，身份对调，他越来越觉得要有腰封，这样才有仪式感，才更像是出版社付钱给他出书，送起人来才更能瞒天过海。

作为女朋友的表哥，杜胤尧在拟定的推荐人名单里占据榜首。

他本该随父亲姓亓，偏偏随母亲姓杜。作为 21 世纪最早成名的那批八零后作家之一，尽管书的销量今非昔比，但文学水准和江湖名望都还摆在那里。坊间传闻有个正当红的言情女作者要出新书，杜胤尧是其早年偶像，想请他做推荐。杜表哥把文章要去一看，直接回绝，气得女作者打电话给几家媒体，让他们把专访里提到杜胤尧的部分全部删除。

杜松发了段十几秒的语音微信，腰封推荐的事就搞定了。只有他还蒙在鼓里，问什么时候把书稿发给表哥看看。杜松问看什么？我哥都已经答应了。

“可他不是应该看完书再决定吗？”

“傻狗。”

放下手机，她又问，表哥圈内朋友多，不如再多叫几个人帮忙？

他很想答应，但立刻想到自己的另一重身份：杜松男友。光这点就够遭圈内人记恨了，还是低调点比较好，否则一宣扬出去，腰封推荐是有了，豆瓣上说不定会出现多少一颗星的打分（不管看没看过这书），那是花钱也补不回来的。

“有没有什么人和你表哥不太熟，不是他那个小圈子里，但名气挺大的？”他精心选择着词汇，尽量不要显露出“不要男的更不要曾经对你有意思的”这种小心眼的想法。据他所知，杜胤尧在圈内的朋友男性居多，可能每个人都约过杜松出去，但均告失败。

女孩轻轻咬了下左手拇指指甲，这是她思考时的习惯动作，“焦洱怎么样？”

他的心脏受到了左勾拳和右摆拳的重击。

表面上看，焦洱的确符合他之前提的要求：著名的装帧设计师、摄影师，一本全彩印刷的摄影散文集随随便便可以卖十几万册，微博上四百万真假难辨的粉丝，帮人设计书的封面，价格一万起步。他签长约的文化公司老板是苏穆哲宁，和杜胤尧同辈出道的作家，两人这十年来都是井水不犯河水的交情，分属不同的圈子，焦洱和杜自然也就不熟。

但他潜台词里的两条忌讳，焦洱全中了。

杜松刚到苏州念大学，周末偶尔会来上海的信缘里“小沙龙”做客。那时焦洱尚未成名，是沙龙女主人商隐的好友，三天两头泡在那里，初次见面就惊为天人，展开疯狂的追求。杜松吓得不敢再去信缘里，焦洱就追到苏州，弄了个特别隆重的路边表白仪式，几栋楼的女生都围在窗口观摩，她就是不露面，最后还是保安出马把焦洱带走。那之后他为杜松割腕两次，但经验不足，学人家电视剧里，血管是垂直切而不是平行切，没流多少血伤口就凝固了。

据说，焦洱手里有一张杜松的照片，是在小沙龙初次见面时给她拍的，仅此一张，底片已毁，摄影师奉之若宝，极少示人。见过的人都说，割两次腕完全可以理解。

“你和他还有联系？”

“QQ 上应该还在，不过三四年没说过话了，大概已经把我删了，我先试试看吧。”如果不是遇到那种恶言相向的人，杜松一般不会删除和拉黑谁，无论那个人发了意见多么相悖的微博或朋友圈，她把这称为网络社交礼仪。

“你要是怕尴尬，不找他也行。”

对方嫣然一笑：“没事儿，为了你呗。”

她打开手机QQ，找到焦洱，先发了个问号，然后才问，在么？

接下去的时间里他都竖着耳朵，随时等着手机提醒音响起，但半天过去了，杜松收到的都是微信提示。一直到快吃晚饭时，他从洗手间出来，杜松叫他：“回了，过来看。”

“……你跟他说就行了。”

“啰嗦，快来。”

他夸张地叹口气，小快步走到沙发边，紧挨她坐下。焦洱先发了个惊讶的表情：“稀客啊，我还以为你已经把我删了。”

“彼此彼此。我想冒昧地请你帮个忙。”

“Say。”

“我有个朋友要出书，想请你在腰封上做个推荐人。”

“［抠鼻］ 你男朋友吧？”

“哈哈哈。”

对方有三分钟没回答，他以为没戏了， QQ 又响了：“行吧，你男人必有过人之处，腰封算我一个。”

“多谢啦，书出了送你一本。”

“不用不用，我工作室的书堆到天花板了。”

“我俩一起请你吃顿饭也行。”

“别别，咱们相忘于江湖就挺好，祝他新书大卖，我健身去了，回聊~”

杜松朝他一抱拳，放下手机说，搞掂。

她的男朋友还没回过神来：“这就好了？”

杜松：“这人总算长大了——你查下外卖到哪儿了。”

晚饭叫的是筱田屋的日本料理，他看着自己碗里的筑前煮就开始有感而发起来。这道菜是用鸡肉、芋头、香菇和藕片慢火熬煮的，费工费时，颇似他的写作之路。杜松呢，就是那盘金枪鱼刺身，肉割下来洗一洗，切上两刀，就大功告成，价格比筑前煮还要贵。截至目前，他花大钱出了书，杜松却轻轻松松找到了两个圈内知名的推荐人，不是她有多努力，是因为她的先天优势。如果自己不是她男朋友，想请这二位出马，恐怕难于上青天。

“本来是想在她面前秀优越的，结果被轻易秒杀了。”他跟老同学倒苦水。

“那下一个不管怎样都得你亲自搞定。”老同学今天倒没出去匡扶正义，“你不是说推荐一般至少三个人吗？”

他“头脑风暴”了半天，觉得最可靠的办法就是去微博上搜集情报，看哪个知名作者家里养狗，趁其不备偷出来，再装成无意中捡到它的好心人，完璧归赵，不要物质回报，但求腰封推荐。

老龙再度成为了救命稻草，从出版社编辑那里得知了腰封推荐的事，再度主动找上门来，问他想不想让成语言作为推荐人。后者大概有五秒钟忘了呼吸，然后打出一长串惊叹号。

如果把本世纪初的青少年阅读审美比作一碗豆腐花，那么焦洱的老板代表了黄糖，而成语言则是酱油的化身，双方支持者之间爆发的论战和攀比可谓旷日持久，基本可以看做三分之一部八零后的文学野史。当然也不乏放醋、放蚝油或者什么都不放的第三方，或者对豆子过敏的异类，杜胤尧就属于什么都不放的那种人。

如能有成语言的推荐加持，黄铜都能卖出黄金的气质。

老龙有言在先，成语言极少给人做腰封推荐，难度不小，但不是全无可能，他若想诚心办成此事，需要一些活动经费来打通关节，且金额不小，少则几千，多则上万。

此前老龙牵线搭桥联系出版社，他已经在支付宝上打了两千块作为酬谢。老龙收得理所当然，一句客气话也没有。现在又要他出血了，老龙在 QQ

上给小伙子摆事实讲道理：不是要赚你这笔钱，你看之前两千块我都收下了，就算了了，现在这个是诚心帮你，看你人不错。成语言是谁？万中无一，又不缺钱，花十万你也买不到他来推荐，只能靠人脉公关，钱都是花在这个上面的，你说这得走多少道关系，人家跟你素昧平生，凭什么要帮忙？不花钱就没把握，饭吃了酒喝了钱收了，人家不帮也得帮，你说是不？

老龙见他还在犹豫，拿出几张 QQ 动态里某好友的状态截图，是各种书的扉页签名，都写着“白德威　雅正”或者“白德威　惠存”，一看书名和落款，都是著名作家，字迹如八仙过海。老龙说这个白德威是搞地产的青年才俊，平时喜欢做一些文化公益慈善，跟写作圈关系很好，我第一道人脉就是打算找他，人家里一套茶具好几千，我请他吃顿饭人均两百的话好意思吗？

他一想也对，自己和杜松在家里吃顿好点的外卖也不止两百，何况是搞公关的。

老龙提醒道，不管是不是自费的，这都是你第一本书啊。说得好像他能出第二本书似的。他游移不定之际，灵机一动，从门口鞋柜上的钥匙碗里找出枚硬币，默念几句，往上一抛，低头看结果。

菊花朝天。

他："那就靠你了老哥，要先把稿子发给你吗？"

老龙："毫无必要。"

算上成语言，他现在凑齐了三个人，若能再来一个就是锦上添花，搞不好腰封会比正常出版的小说集还高级。

出版编辑也说，你现在这几个都是年轻作家，有市场号召力，最好再来个搞学术的，著名学者、评论家什么的，有点含金量，镇一镇。

他大学的中文系可不是出什么著名学者的地方，杜松的母校亦然。况且著名学者都有点讨厌，很少使用公开的互联网社交平台，据传北京有个著作等身的知名教授到现在还在用诺基亚 1100，由此可见他们家做饭是烧柴火的。那些使用微博的大学者就显得稀缺无比了，他给他们发去言辞恳切的私信，得到了和三十多家出版社一样的回答。

有天夜里刚过完性生活，杜松在浴室，他看着天花板，忽然从床上坐起，大喊，“有了！”

他在常州有一大堆亲戚，需要写一本书才能说清楚家族聚餐合照里的人物关系。每逢春节，各家给小孩发红包的资金流通繁忙度堪比华尔街。其中有个姨娘在南京一所 211 大学的人文学院教务处当领导，该学院有位明星教授，又是出书又是上电视节目，还开了一家文化公司。他曾经在姨娘的朋友圈里见过两人的合影，大概是一年多前。

他也不管现在几点，立刻给姨娘发微信。对方第二天一早才回信，遗憾地告诉他，自己已经调去了兄弟院校，现在说不上话了。而且那位宋教授最近也陷入了麻烦，祸首正是腰封——他给某作家新出的花卉主题散文集做了推荐，没多久该书就被揭发出来涉嫌抄袭，还闹得挺大，网民们正合力围攻，同时在追究那些推荐人的责任。宋教授的微博下面旌旗招展，吓得半个月没更新。现在找他推荐，无异于给自己炖一锅闭门羹。

他一边懊丧地回复，一边诧异现如今居然连写花卉的散文都有人抄袭，市场细分做得太到位。

富有含金量的没指望了，他只能寄希望于镀金的，目光也从文学圈扩散到了其他领域。

遥想三四年前，他在豆瓣上认识了个靠穿汉服拍照而略有名气的小姑娘。对方和闺蜜来上海玩的时候，他从杭州湾赶到市中心，陪吃陪玩两天半，除了住宿费和交通费，其余全是他埋单。如果不是女孩真容和照片上相去甚远，他也许就追求人家了。女孩那时候打算在厦门买房，还找他借了几万块钱，过了一年多才还上，他坚持不要利息。后来她大学退学，专门做自设计的改良版古风女装生意，居然风生水起，到今天淘宝店已经是皇冠级，三天两头在微博上图片热搜。

两人有段时间没联系了，他抱着试试看的心态发了条私信过去，没回。豆瓣发豆邮，没回。最后只能在阿里旺旺上找她店的售前客服，托对方带个话，报的名字是自己的豆瓣 ID，再留了个手机号码。客服一愣，说帮您问问看，亲。

过了一天，女孩居然真的给他打电话了，说没想到你还记着我，有事？他说了前因后果，女孩一口答应，顺嘴问了句他已经找好了哪几个。一听到成语言的名字，她“嗯”了下，说要是有成语言的话，她就不能帮着推荐了。

“为什么？你们认识？有过节？”

“不认识，就是不喜欢他。”

“这……”

“你找我推荐，我很荣幸，不过真心不想和他一起出现，你再想想吧，决定了就给我发个短信。”

老龙那边已经拿了两千块活动费，昨天刚跟他汇报过进展：“跟白总在长沙吃了顿饭，他答应了，过几天他到北京出差，顺便帮你游说一个影视公司老板，是成语言的经纪人的大学同学，还是我老乡，巧了，所以我也跟着去，另外需要再汇三千。”

“辛苦你了，大老远跑一次。”

“不辛苦，都是缘分，现在看来很顺利，估计七八千就能搞定。”

老龙说得那么有底气，他只能断了汉服女孩那条线，又不好意思直接发短信说我选择了成语言，索性不再联系。这下真是相忘于江湖了。

又过了几天，出版社发来内页的排版清样，他看不出个所以然来，交给杜松把关。她扫了一眼，发现字排得太满太密。他转述给编辑，对方解释说自费出版都这样，字密一点，可以省纸张，你选的都是好纸，我们这边得注意支出平衡，市场流通的那些书印得疏，是为了页数上去，方便定价高点——对了，腰封的进展如何？最好是四位，四个名字排版好看。

秦玉玺说凑到了三个，还有一位，这几天就能搞定。

最后这名推荐人有点出乎他意料，是《爱琦》责编帮的忙。他原本想取名《傻逼》的小说在六月刊上发表了，换了个连他自己都记不住的名字。他在微信上跟编辑说已经收到了样刊，然后含蓄地表示自己即将出书，能否在杂志上给个免费广告，被告知《爱琦》未来整整两年的广告已经被小女生护肤品和辣条生产商包圆了。不过她可以帮着找几个关系要好的推荐人，到时候请吃饭就行。

责编推荐的第一个推荐人是写言情的男作者，笔名堂前燕，结果被秦玉玺否了。他以前从未听说过这人，上豆瓣一查，此君出了不少书，不过书名就是他最厌恶的那种，封面清一色日漫人物，逼得他赶紧关了浏览器。

“最好不要言情作家。”他说。而且这个堂前燕已经有段时间没出书了，有过气之嫌。腰封推荐本来就是作者蹭别人的热度，哪有被别人蹭热度的道理。

责编耸耸肩，推送的第二个候选人是位专栏作家裴先生，年近四十，擅写都市男女情感、美食美酒地图，在长宁区日本人韩国人扎堆的地方跟人合伙经营着一家餐厅，还是若干年前国内某项调酒师大赛的三十强，在饮食男女吃喝拉撒这块是顶尖专家，其作品散见于《新·生活》《美周刊》《读堂》以及一些国际大牌时尚杂志，出了几本生活随笔集。新闻图片上的裴先生兼具过气牛郎和刚被手下反水的皮条客的气质，看上去是那种愿意为文坛无名小卒招摇呐喊的中年文艺愤青。

请客地点在西区的 Dr. Beer，一家麦芽啤酒很有名的餐厅兼酒吧，是责编选择的。那天是星期六，杜松正好没加班，他就拉上她一起去了，最后成了悲剧的根源。

一开始气氛很和谐，责编介绍了彼此，然后点了带酸奶酱的法式薯条和小杯啤酒组合，并且频频举杯，预祝他的新书大卖。裴先生有一种快速赢得信任感的超能力，两小杯啤酒下肚，你就可以把自己家族全部的阴暗秘密都说给他听。巧的是，裴先生也在常州生活过几年，是住在一栋靠近天目湖的别墅。不一会儿工夫，他们就兴致勃勃地聊起了吃鱼头的心得体会。杜松和责编聊得比较好，后者似乎正有想换工作的念头，向她打听地产公司的策划文案一个月能赚多少钱。

直到喝完第一轮小杯组合，裴先生还表现得很淡定，对他身边的杜松看都不看一眼，这就有点反常。第二轮他们要的是大杯啤酒外加一小盅烈酒，只有杜松点了果汁。期间他去了一次卫生间，编辑出去接了一个电话。往座位走回去时，裴先生终于在和杜松说话，前者似乎讲了一个笑话，女孩笑得很有礼貌。他在晃动的光影之间似乎看到男人摆在桌上的手朝她那边推进了一点，右手外沿眼看着就要碰到她的手背，杜松反应很快，拿起自己手机，及时躲开了。

他正好遇到外面打完电话回来的责编，问今晚大概要喝到几点。他住得远，回家要很久。责编说早呢，这才第二轮，裴老师不喝到三四轮是不会尽兴的，他酒量可大了，太晚的话你和你女朋友开个房呗，现在市区酒店旅馆那么多。

他知道这个女编辑家里住得也远，在闵行五号线那边，大老远过来牵线搭桥，他却急着走，也实在失礼。坐回桌边，裴先生重新又置杜松于三界外，和他碰起杯来："刚才还跟你女朋友说，过几天来我餐厅作客，我们主厨是米其林出来的，一定要赏光啊。"

他笑着点头，一仰头喝掉大半杯啤酒，看着女友，对方也在看着他，眼神像在说：“别。”

裴先生喝完杯中酒，主动要请客第三轮。杜松先去了次洗手间，过了会儿他的微信响了，是她在问几时走。“这是最后一轮。”他回她。

这最后一轮终究没能喝完。这次轮到责编上洗手间，他出去接电话了，是老龙打来的，电话那头也很吵，似乎也是在酒吧或者 KTV 里。老龙宣布北京会面十分顺利，双方进行了友好坦诚的会谈，现在他准备去长沙，会一会成语言的经纪人，不出意外，三天内就能得到点头许可，不过要他再汇一笔钱，两千，并保证这是最后一笔费用。

他坐在酒吧门外的台阶上给老龙支付宝打钱，期间输错两次支付密码，这让他意识到自己喝得的确有点高。勉强走直线回室内，正好杜松拿着包往外面走，忙问怎么了。女孩不回答，挽起他胳膊就往门口走。马路边上一长串出租车等着拉活，杜松打开最近那辆车的后门就要进去，被他一把拦住，问，到底怎么了？

“他摸我屁股。”

“这色狼……你骂他了？”

“没有，他现在应该正捂着裆部骂娘。”

他深吸了一口气，把手机交到女友手里，说等我会儿。转身回到了酒吧，脖子鼓得像只牛蛙。过了一分钟他就出来了，胸口湿漉漉的，都是啤酒香，但步伐比刚才更精神。他带着她上了车，说了地址。杜松这才发现他额头红红的，还有一些液体。

“你怎么他了？”

“力的相互作用。”他摸了摸额头的脓水，这才开始感到生疼。裴先生的脑袋很硬，不过够让这老小子晕上会儿了。那一下头球攻门顺便挤破了他额头上那颗生命力顽强的青春痘。

回到家，女孩从浴室出来，发现他坐在床上正对着手机叹气，“刚才责编来电话，我估计再也不能在她们杂志上发文章了。”

“那种杂志，不发也罢。”她坐到他身边，“以前你不是还奇怪我为什么不在那个圈子里混么？现在理解了吧？”

“我……对不起你，不该把你拉过去，受委屈……”

“傻狗。”她拨弄着他额前的头发，检查了一下青春痘上的药膏，“对了下礼拜我哥来上海开编剧会，我想请他到家里来吃顿饭，表示下谢意。”

“不出去吃？”

“我们自己做饭的话更有诚意，主要是我做饭，有家乡风味。”

杜松父母的工作很忙，她不得不从初中开始就学着做饭，到高中时每星期要给家里人烧至少两次晚饭。上班之后她自己也没时间了，很少下厨。他们住闸北区那会儿，有次劳动节小长假，杜松难得展示了手艺，他吃得赞不绝口。

回想起来，那也是他们刚要开始恋爱的时候。一切都发生得那么不真实。那栋居民楼建于五十年代末期，比他妈的年龄还大，租金却不低，因为在内环内，还紧邻地铁站。他俩分别租着同一个楼层靠西的两套房子，只有卧室没有客厅，俗称一室户。两户人家共用一条短走廊。她住朝北，洗手间和厨房紧邻卧室，即“一门关”，女孩子一个人住比较安全。他住南侧，厨卫和卧室之间隔着走廊，中介管这叫“分门”，略微不便。但他是精装，小而精致，马桶都是 TOTO 牌。杜松的房东则疏于打理这处房产，上次装修可能是二十年前，厨房脏得像个马厩，看上一眼，就能让人打消任何食欲。

最开始他们完全是纯洁的邻里关系。

杜松早出晚归，他天天闷在家里做模型，等快递员取件，等外卖送餐。两人最常见面的情况是晚上十点多钟她回来，看到他站在瓷砖白净、设备齐全的现代化厨房里用开水泡碗面，然后朝她一点头："回来啦？"女孩会回答，啊，累死了。然后摸出钥匙开门进屋。有时候他会得到机会在她开门瞬间瞥到门内的情况，那个令人发指的老旧厨房，至于厕所是什么样，他希望限制自己的想象力。他真心感到惋惜，这么漂亮的一个女孩子，被束缚在这样一个空间里，好比在废弃的鲱鱼罐头里养一株水仙花。这也是这座城市的苦恼和魅力所在。

她从未带过男人回来，也没有带过同性回来，这有点不可思议。更常见的是星期六星期天中午，她裹着风衣提着包在门口穿鞋，脸上几乎没有化妆。他站在厨房的水池前刷牙，满嘴冒泡问，出去玩啦？对方无力地摇摇头说，加班。在广告公司做乙方设计师就是这种待遇。

打破僵局的契机是某个周末中午，他下楼去买水果回来，看到小区马路边上有只小野猫的尸体，下半身已经被碾平了，显然是窝在某辆汽车下面过于安逸，没有注意到车子启动的杀机。他盯着尸体看了片刻，叹口气，走回水果店，问老板多要了两个塑料袋，一个当手套，一个当尸体袋，收殓好不幸的野猫，多绕了点路，扔进公共垃圾桶。杜松就是在他收尸的时候正好路过，十分关心地问了几句，还从包里找出湿纸巾给他擦手。

没几天就是劳动节，中午他正在刷牙，杜松的脑袋就从门边上探了出来，高马尾辫垂成个 1 字："你好，想跟你商量件事。"

他口吐白沫道，可以。同时，一个小泡泡脱口而出。

她对他家厨房垂涎已久，想借来一用。他心一沉，说："好的，你有客人要来？"

"不是，就是想做饭了，但我那个厨房……"

"理解理解，但我不知道调料什么的全不全。"

"没事，就几个家常小菜。"

她所谓的家常小菜后来变成了蒸鳜鱼、三鲜豆皮、糖蒸肉、金银蛋饺、珍珠丸子，还有一大锅排骨藕汤，在厨房忙了一整天，看得他花容失色，问你一个人吃得下？

“你也吃啊。”

进她闺房不合适，宴席就摆在了他这边，地上铺块一次性的塑料桌布，两人席地而坐。杜松对他房间里小山般的模型盒子吃了一惊，说原来你卖玩具？他很想纠正她，这是充满工业魅力的战争机器经过设计师精心分解、构件、铸模之后诞生的产物，如果能经过高手的上漆和场景布置，就是件独一无二的艺术品，前前后后花费的精力和金钱不亚于打造一件白银首饰，如果是狂热爱好者，那就相当于买一只限量版名牌女包。

但他只是声明：“是非常高级的玩具，小孩子玩不来的。”

她耸耸肩，又注意到摆放模型成品的柜子，最当中的格子里的物件。

“这是什么？”

“复刻版的双剑银橡叶铁十字勋章和普鲁士蓝马克斯勋章，很贵。”

“这个呢？”

“《刺客信条》袖剑的缩小版模型，托人从国外带回来的。”

“那这个？”

“朝鲜战争时期我军使用的军事地图，原版+绝版，所以我用密封袋装起来了。”

最后她指了指被这些藏品众星拱月的东西：“这是……”

“平平无奇的一张湿纸巾——菜要凉了。”

两个人一顿饭当然吃不下那么多，剩菜他吃了差不多三天。此后只要逢到杜松休息，都会借用厨房，他则负责在她买菜时尾随在后提塑料袋。鬼使神差的，他渐渐学会了每晚刷牙，勤换内裤，打扫屋子，刷洗厨房瓷砖。后来在某个平平无奇的周末晚上，坐在地毯上重温了《珍珠港》的碟片，喝掉了两瓶冰镇科罗娜，事情就那么发生了。他的心脏和肺部几乎要一起跳出胸膛，在神智尚清醒之际，问了句，为什么是我？

“闭嘴，傻狗。”

翌日早上，他顶着鸟窝头走出来，看到她在厨房里泡咖啡煎鸡蛋，苦思冥想了一下，决定回到床上继续躺着，直到梦醒。面对面吃煎蛋的时候，他终于鼓起勇气问，你现在，不，我现在……算你男朋友了吗？女孩笑笑，举起咖啡道，也可能是我的割肾目标。

后来他把杜松的生活照发给老同学看，老同学斩钉截铁说不可能，这是你雇来骗你爸妈的吧？这还没到过年呢。

不，杜松可不是那种会被雇佣的姑娘。她是一个业务水平扎实的苦命平面设计师，谈到 PS、Indesign、 Illustrator、 CDR 的区别时，如同战争女神在向他介绍23世纪最新款的星际战舰。

他同时生活在甜蜜和惶惑之中，就像曾经问的，为什么是我？他从不敢再问这个问题，怕惹恼了新女友。他87年生的，她88年，两个人都不是第一次，无论是恋爱还是指别的什么，但都不过问前史。

有天夜里他忽然被一个念头惊醒，此后都小心翼翼留意着女孩的肚子。直到他们搬来松江好几个月了，她的小腹都平坦如初，还有比基尼桥。这让他羞愧地想抽自己耳光。

反倒在其他方面，女友让他受惊不小。得知其表哥是杜胤尧之后，他差点从床上翻下去。杜松在他眼里越来越像一道名菜“三套鸭”，只不过鸭嘴是黄金做的，第二层那只鸡的眼睛是对珍珠，最里面的鸽子肚子里还有一块红宝石。

恋爱后第一次过年，他们各回各家。他每天要和她视频通话，问起彼此的父母，都没告诉他们这段感情，原因无一例外：家长太烦。他不敢想象杜松该怎么介绍这个男朋友：南方人，家里做生意，还有动迁房；至于本人，唔，目前无正当职业，是个不成功的小说家，在淘宝上卖飞机大炮坦克模型……她父母都是知识分子，眼界肯定高，他自己呢，撑死算个知道分子，只有在讽刺“1：144 比例的模型都是钥匙扣”时才能俯视别人。

她是在保护这段关系。他这么宽慰自己。也许也在保护他。

杜胤尧大驾光临那天下着中雨，他在客厅里就能听到杜的女友在楼道埋怨：“啊呀你别甩（伞），都溅我鞋上了。”

表哥比刚出名那阵瘦了十多斤，可谓逆潮流而动。看他走路的样子，会让人联想起那种打到第十一回合、还没被击倒过的技巧型拳手。

这位非凡的人物当年刚从大学逃出来时辗转多

地，一度寄宿在上海的信缘里小沙龙，差点被他爸抓住，最后决定到北京发展，现在成了开价五万的编剧兼小说家，每写一集电视剧，等于秦玉玺要卖出两百多台坦克模型。他曾对她表哥的职业表示过羡慕，后者不以为然，言明编剧就是被要求拿着叉子喝汤的人，观众一不满意，他们随时会被扔出去扎成刺猬。

但他每次见到杜胤尧还是有点战战兢兢的。人在江湖时日久，各种传说不免多。曾有个来路不明的中年富豪通过朋友联系到杜胤尧，说看过其作品，倾慕已久，约出来谈合作。两人在咖啡馆初次见面，富豪把奔驰钥匙和大卫杜夫雪茄铝管往桌子上一摆，杜胤尧把自行车钥匙和点八中南海也一摆。富豪夸了杜作家几句，然后就开始滔滔不绝说想请他写一本关于德州扑克秘笈的书，如果搞得不错，"影响力不比马云差，印个几百万册不是问题"。杜胤尧向来对话多的中年男人没好感，找准机会插嘴问，你看过我的哪部作品？富豪顿顿，说具体忘了，反正你只要帮我写这本书……杜胤尧已经起身拿车钥匙：“去你妈。”

后来有人跟杜胤尧验证此事真伪，杜只回答：“那时还年轻气盛，换成现在，肯定要加后半句——了个比的。”

这是他第三次见表哥，第二次见表哥的女友。如果说杜胤尧是海胆美味的黄，这位女友就是外壳那层豪猪般的刺。

他对上一次四人聚会的结尾记忆犹新：杜胤尧一个没留心，坐下时压到了女友放在沙发上的帽子，压塌一个小角。这顶帽子在外面卖四位数（虽然看上去根本不值这个价），女友的反应不亚于一次德累斯顿大轰炸。直到半小时后杜松送他们下楼叫车，两人还在冷战。

他听杜松说表哥和这个女友已经谈了三四年，就一直纳闷，这么久了，既没结婚，也没掐死对方，着实是个奇迹。

他只知道“嫂子”的英文名字叫凯瑟琳，昵称凯西（他内心里管她叫凯撒），加拿大念本科，英国读硕士，有艺术史和英国文学两个学士学位，在画廊工作。年轻时她是杜胤尧的书迷，后来两人在网上认识，见面，约会，恋爱。圈内人谈及作家接见异性粉丝会有何种风险，都拿这件事举例。凯撒家里也是做生意的，是庞大族系里学历最高的人，这让秦玉玺在她面前更低人一等，只能依靠杜松扳回一局。

凯撒每次见到杜松都眼睛发亮，从头到脚夸上一遍，无论腿长、腰线还是罩杯，尤其鼻子，“百分百的罗马式”，她不无羡慕地说，“你表哥怎么就没遗传到这个。”

她性格中一个恼人的部分，就是乐于把自己遇到的好事和别人遇到的糗事在每次聚会上都拿出来回忆一遍。唯有杜松的鼻梁是独角兽，罗马女皇帝会不厌其烦地称颂，似乎下一秒就会拿出小刀把它割下来安在自己脸上。

也只有这时候，他对凯撒的抵触不那么强烈。他也是杜松鼻子的崇拜者，很多个夜晚，女友睡着后，他在黑暗中轻拂那根鼻梁，手指感受着她的皮肤，还有鼻骨处那个凸起，接着一路往下走，像坐滑滑梯，在鼻尖这里跃向空中。百玩不厌的小游戏，有时甚至比鱼水之欢更让他心神荡漾。

对方两人都抽烟，他把窗户大开。杜胤尧就靠在阳台扶手上看他的新书打印稿，眼神慵懒，翻页飞快，他小心随侍在侧，静候前辈提点。期间凯撒在杜松陪同下检阅了衣帽间的女士服装和鞋子，但坚决不想碰猫。

偶尔，表哥会在诸如“48 根铁栏，其中 12 根白色， 12 根黑色”或者“四面环岛”这样的地方顿一顿，似乎想用肉眼分辨出空气中的氧离子。看到三分之二，杜松宣布饭好了，才把表哥解放出来。

走向餐桌时，表哥拍拍他肩膀，说还可以，还可以……你家有酒吗？

晚饭除了杜胤尧最爱的几样家乡菜，还有一碗醉活虾，是两位女士的心头好，也是他避之不及的食物。如果说唯一对杜松有什么不满意的地方，就是她吃东西时过度残忍了，可以面不改色地咬掉头须尚动的虾脑袋，或者咀嚼韩国活章鱼。吃杨梅时如果看到有白虫在里面钻营，她会视为天赐之物，毫不在乎地连同蛋白质活体一起吃掉。

他既不能喝太多酒，也不敢吃活虾，这顿饭吃得像个大家闺秀。酒足饭饱，表哥他们还约了朋友打牌，得早走，让表妹他们留步不用送。杜松进了浴室，他正要戴上塑胶手套去厨房洗碗，发现杜胤尧的雨伞还落在阳台上，拿起来就往外冲，对方已经坐电梯下去了，他只能等另一台，大概落后半分钟。

底楼值班室那个爱看直播视频的保安已经下班，凯撒略微尖厉的声音穿过空荡荡的大厅，一直飘到电梯口：

“你妹怎么还没跟他分手啊？”

杜胤尧：“这个，哈哈，我从小都看不懂她……糟，伞忘带了。”

凯撒埋怨几句，不肯跟着上楼，杜胤尧只能一个人回去。电梯坐到七楼，门刚打开，就看到气喘吁吁的秦玉玺手里拿着雨伞。两人感叹太巧了，交接完雨伞，再度告别。电梯反应有点慢，他面对表哥笑着摇了十几秒钟的手，门才完全关闭。

这天夜里杜松刷完牙洗完脸，悄悄摸进被窝，他却一动不动。

“泰迪今天怎么了？病了？”

“有点感冒，我吃过药了，就想早点睡……”

“那好呗。”她拍拍他额头，调暗了自己那边的床头灯，准备拿起看到一半的《高迪的房子》，他忽然小声请求："抱抱我。"

平时都是他从身后主动抱着杜松入睡，这种要求还是破天荒头一遭。她没多问，照做了，从背后抱着他，动作轻柔，下巴抵着他肩膀。

"谢谢你。"

"傻狗。"

"汪。"

他摸着她环在自己腰间的手，刚想再说什么，床头柜的手机开始持续震动，他看都没看就掐了，没几秒钟电话又响了，看来不是广告电话，拿起来一看是老龙。

"帮你弄到了！成语言同意了！"

他猛地从床上弹起来，速度过快，后脑勺磕到了杜松的鼻子。女孩叫了一声，捂着鼻子在枕头上哀嚎。他在电话和女友之间顾此失彼，最后倒向了老龙："你现在跟他在一起？"

"没有，和他经纪人，在青岛，任务总算完

成了。”

他把这个喜讯告诉了杜松，后者刚从酸痛中缓过来，问真的假的啊？成语言好像从不给人做腰封推荐，你再找他确认下？

老龙发来的证据是微信聊天截图。成语言的头像是只名叫“佐罗”的猫，白底黑斑，眼睛这里像戴了个佐罗那样的面具，在网上非常有名。发微信的人叫辉哥，跟成语言说是自己亲戚家的孩子出书，是他的铁杆粉丝，书名也写在里面了。成语言发了段6秒钟的语音，辉哥回答：“多谢了兄弟。”对方给了他一个海绵宝宝的表情。

老龙说就这个了，总不能再让人家写个授权书给你吧？道上没这样的。

他千恩万谢，允诺改天请几位帮忙的朋友吃饭。老龙回绝了，那几个朋友日理万机，忙得很，他自己也要继续云游去了，改天有机会再聚。

放下手机，他转身就在杜松脑门上亲了一下。

肉松这时已经悄然爬上了床，他似乎忘了这厮平时爱舔屁股和爪子、那爪子又在猫砂盆里摸爬滚打过的事实，抱起猫也亲了一口。

其他作者都没做到的事情，他这个自费出版的却做到了，真是绝妙的讽刺。让汉服女孩和裴先生什么的见鬼去吧。

好消息接踵而来。没过几天，姨娘忽然来电话，说你要的那个什么推荐，有希望了。

原来那位宋教授有个侄女考到了姨娘现在的这所二本学校，即将升大四，准备申请国外的学校，无奈平时成绩跌跌撞撞，有一门课这学期眼看着就要跌破 3.0。宋教授被亲戚缠得没办法，想起姨娘这个关系，就来打招呼。她当然搞得定任课老师，顺水推舟就跟对方说了自家亲戚小孩出书的事情。宋教授说没问题，都是为了孩子。

这个消息叫他喜忧参半。忧的是书已经下了印厂，现在再加名字来不及。姨娘一介行政管理人员，倒也很懂江湖行情，转头又和教授沟通了下，回来说，他会给你写个书评，把稿子发到这个邮箱。他欣喜若狂，感慨宋教授真是上道。此时他已经全然忘了自己豆瓣上“反抄袭小组”的成员身份，没了昔日的一腔愤慨。

姨妈比他更清醒，说当然不可能是他本人写，肯定是叫他手底下的研究生来写，完了挂他名字。这帮可怜人，叫人想起前几个世纪的俄国农奴，只不过束缚住他们的不再是土地，而是毕业论文和学位。

无论如何，他现在有了一篇名家书评，可以放在豆瓣读书频道上，使得自己的新书页面不至于那么苍白空洞。

四百多本书印起来很快，但家里肯定放不下，还会让女友起疑。他提前买通了家附近联华超市的经理，让印厂直接把书运到那里的仓库，然后提了五十本回家。出版编辑有先见之明，高密度的排版让书没那么重。但杜松看到这些书还是不免问，怎么会这么多样书？一般都给十本啊。他说多出来的是我自己掏钱买的，作者给打折。

第一本毫无疑问签给杜松，他事先想好了一大段献给她的文字，第一句是“没有你就没有这本书的问世”，倒也算句大实话。接下去是杜胤尧、宋教授、父母、老同学、老龙、姨娘、中文系师兄、所有他记得起来的家族亲戚、断言他绝不可能成为作家的初中班主任、高中时鼓励他写作的语文老师……如焦洱所愿，他并没打算送对方一本。至于《爱琦》杂志的责编，他想了又想，决定还是要寄过去，光腰封上的推荐人就够刺激他们的了。

签书是令人高兴的事，就是塑封有点恼人，每本书都要先撕开，这花了他不少钱，现在尝到了恶果，很快地上就堆满了薄膜垃圾。腰封也会捣乱，时不时从书身上腾空而起，乱舞几下。他仔细看了看，发现勒口上的个人简介有一处无伤大雅的标点符号错误。但抚摸着腰封上的三个名字，一切都释然了，他达成了一件丰功伟绩，甚至比出版本身、比取悦女友更加伟大、更加超越前人。

五十本他只签掉了三十六本，但足以让上门取件的圆通快递员大吃一惊，以为他改行卖书了。如果不是杜松在场，他差点就想送给快递员一本，让他提高知识水平。

这天夜里他很晚才睡，坐在客厅沙发上重读自己的书，眉头紧锁，总是在这里发现一个小错误，在那里觉得还可以用更好的表述方式，一直翻到最后的版权页，看着自己的书号、自己的名字以及“2013 年 6 月第一版”，他才含笑合上书，走进卧室。杜松已经睡着，他在她鼻梁上轻刮一下，女孩的唇角微微动了动。她面容沉静，像尊古希腊神话人物的雕塑。他想起大学里唯一的恋人，那个同样长发飘飘的女生，睡着时眼睛是微张的，小片眼白露在外面，一度把他吓得不轻，差点把手指伸到对方鼻子下面试探。

我已经倾尽所有，尽我所能了。他对着关灯后的黑暗喃喃自语。

接下去几天里，全上海好几所中学的图书馆都遭到了骚扰，一个自称秦玉玺的人死皮赖脸想把一本叫做《智慧树上智慧果》的小说集弄进馆藏，并声明不要钱，也不用他们出快递费。大部分学校都拒绝了，少数几个管理员表示要请示领导，只有一所学校跟他说明了图书馆的采购流程，表示是好书他们会主动购进，不怎么样的书就算搭钱也进不来，因为要对学生负责，所以请耐心等候，如果我校进了你的书，会专门通知你。

唯一成功的学校是他在老家的高中，收件人是前班主任。他一次给母校寄了三十本书，两本给图书馆，剩下的都给文学社——尽管他上学时根本看不起文学社，如今这个社团也只有九名成员。

接下去事情的发展就有点失控了，他昔日的班主任如今已是教导主任和年级副校长，话事权在手，想邀请爱徒回来做讲座。母校的校友精英讲堂开办三年来，CBA 运动员、麦肯锡中层干部、空军少校、高铁工程师、第一人民医院主任医师、地方卫视主持、大学生村官、清华的院学生会副主席都来过，唯独差一个作家校友。

他并不想填补这个历史空白，第一反应是婉拒，既是心虚，也因为不知道去说点什么好。老师却很执着，说你无论如何也得来，我都跟校长汇报过了。

他回顾历史，自己的高中生活还算和善，成绩中等偏上，当过一年形同虚设的团支书副职，从未闯祸，从未顶撞，最后考进了上海的二本，没给学校丢脸。再加上他家里定期给这位班主任送礼，高考分数出来后还办了一桌丰盛的谢师宴，老师没有理由不偏爱他。

盛情难却，他只好同意于两天后，也就是周五中午赶回母校，在放学前给学弟学妹们讲讲自己是怎么坚持梦想，不停奋斗的。这次旅行将会当天往返，不惊扰家人。

杜松回到家时，他正在电脑前设计 PPT。这是校方的要求，要提前看下他打算讲的内容大纲，不要出现什么不该出现的玩意儿，而作家向来又是那样的不可捉摸。

“你说我要是穿得像个烧烤摊打下手的，会不会更接近真实的作家形象？”

她已经从微信里获悉男友的讲座之旅：“这年头还有作家梦的孩子已经不多了，还是给他们留点希望吧——上次帮你买的 ZARA 小西服就在蓝衣柜最里面，剪头发的卡在钥匙碗最底下。”

他觉得很有道理，也许当自己在台上侃侃而谈时，就有个小秦玉玺坐在下面找到了人生未来的方向呢？

那件深灰色西服已经隐居很久，袖子和衣摆有了明显褶皱。他找出便携式熨烫机，等着水烧开，手机响了，又是老龙打来的。

“你来上海了？”

“来个屁，你怎么不早说你女朋友是杜胤尧表妹？”

“嗯？”

“哥们你真是扮猪吃老虎，算我倒霉，剩下的钱刚才都打到你支付宝上了，你看看吧，以后咱们大路朝天，各走一边。”

他好不容易说服对方先别挂电话，问清楚到底怎么回事。老龙沉沉叹口气，说成语言上腰封推荐的事儿是我不好，骗了你，我根本就没找过他经纪人，就是想搞点小钱花花。我也不知道你女朋友从哪里弄来我的号码，今天下午打给了我，她一自报家门，我就知道大事不妙，果然吧，是让我把钱给吐出来。

“那你那个什么白总，辉哥，那个聊天记录……”

“聊天记录是演的，弄个同款头像，改个备注名就有了；白总嘛……那些书是他托人花钱买的，根本不认识几个文化人，就是土包子附庸风雅，懂吗？”

熨烫机的水开了，衣帽间变得有些热。

“那我不是完了，书要是被成语言看到……”

“不至于，成语言脾气好，看到了最多笑一笑，要换成别人，你和出版社二十四小时内就会收到律师函，这你放心，我早就想好了，不然为什么我当初找你，问的是成语言而不是苏穆哲宁什么的？我就是没想到这么快就露馅了，你那女朋友……不是我说，兄弟，你有这么个女朋友，还放着我进来掺和一脚干嘛？这不是玩儿我呢吗？”

“可我一直以为她哥和成语言关系不怎么熟啊。”

“这跟她哥没关系……”老龙的声音一下子变得有点怪异，“你不会不知道吧……我靠！你还真不知道？”

肉松无声息地走了进来，用脑袋蹭了蹭男主人的脚踝，但他无动于衷。

老龙：“圈子里四大美人，白鲸花鹿天鹅黑狐，杜松是天鹅，都说好几年前成语言和天鹅谈过，异地恋，不到半个月就被女方甩了。”

见对方很久没出声，老龙安慰说不过这种传言不知道真假，也有说两人根本没谈过，谈的其实是花鹿，你别往心上去，很久以前了，人生路漫漫，半个月就是弹指一挥间——总之，别说是我说的啊。

他甚至没听见杜松洗完澡从浴室出来的声音，直到女孩在身后问：“要我帮忙吗？”他吓得把手机掉到了地上，捡起来时老龙早已挂了电话。她还没穿衣服，只裹着绿色浴巾，脑袋上包着同一色的毛巾，宛如古希腊士兵的头盔。

“先吃饭吧，”他清清嗓子，“晚点再烫。”

晚饭又是筱田屋的外卖：烤饭团、明太子茶泡饭、培根芦笋卷、牛肝炒时蔬、几串银杏、乌龙茶烧酒。他和她围着茶几直接坐在地毯上，这是从闸北区老房子带过来的习惯，那张餐桌只有客人来时才使用。她已经换上了休闲服，头发还没吹，湿漉漉地扎了个松马尾。

他心不在焉地啃着饭团，偶尔夹一筷子蔬菜。老龙挂得匆忙，他没来得及问一个至关重要的问题：她知不知道这本书是自费出版的？这原本是整件事的重中之重，但如果老龙说的传闻是真的，他就算出过一麻袋书也毫无意义。好比杜松才在太平洋的渔船上品尝过了刚捕上来的黑鲔鱼刺身，你现在跟她宣传说家门口的回转寿司连锁店打七折。

“啊？你刚才说什么？”他忽地回过神。

“我说，后天回学校做讲座，我可以陪你一

起去。”

“呃……你不是要上班吗？”

“我有一天年假，这个月得用掉。”她用筷子把竹签上的三枚烤银杏果撸下来，给他碗里夹了一个，“我好像还没去过常州。”

他怎么也夹不起来银杏果，最后只能用筷子插进那个小洞。

“我等会儿就去给你订车票。”

“别忘了订酒店，”她筷子用得比他好，轻易夹起银杏，“你总不能不回家看看吧？”

他看着她，果子还没嚼烂就咽了下去，质感如同药丸。他拿起她面前的乌龙茶酒，一口气喝掉大半杯，脸瞬间就红了，皮肤开始微微发烫。

“有件事一直瞒着你……”

“我知道啊。”她拿回酒杯，浅浅一抿。

“我只是想……”

“你经常半夜里摸我鼻梁骨。”她放下酒杯，盈盈地看着他，“每次你都以为我睡着了，其实我睡得很浅，都知道。”

他半张着嘴，不知道该如何接话。肉松走了过来，爬上女孩的膝盖，却转过头定定地看着他，叫人分不清是在告诫，还是单纯地只想讨一块他碗里的牛肝吃。

“……是不是像个变态？”

“有那么一点，不过还好。”她盖上茶泡饭的空碗盖子，把肉松放到一边，起身往衣帽间走去，忽然又把脑袋从墙壁转角后面探出来，马尾辫垂成个1字，就像当初她第一次主动跟他搭话那样，“已经过去的，就不用提了。”

衣帽间传来熨烫机重新烧水的声响。

他放下碗，看到茶几下面有一本自己的书，是打算送给他们房东的。他取出来，摘下腰封，对着上面的三个名字看了几秒钟，把腰封对折两次，庄重地放进了装外卖的大塑料袋，用杜松的茶泡饭碗压住。

“她说得没错，”秦玉玺对脚边的肉松轻声承认道，“我就是条傻狗。”

试毒警告

吴毒是在神麒四年的春天进宫的，身份是式人。

式人是“试人”的委婉称呼，说白了就是在皇帝吃饭前试毒，是一份生死未卜的工作。

我念研究生时的导师把古代史分为两种，一种是大众历史，只关注帝王将相、才子巨贾和起义领袖，说的是家国大业，王朝兴衰。

另一种叫杂碎历史，比如我现在上班的文史研究所，一个薪水微薄的冷门机构，被世人遗忘，研究那些被大众历史遗忘的小人物、小细节。

吴毒就是这样一个小人物，卫朝后宫档案《帝丘记档》甚至没记他的名字，只写了岁数，“辛寅日，易式人，年廿八。”现在这个名字是我给他起的，属于一种美好的工作愿景：无毒。

叫“没毒”也行，但不太好听。

为帝王试毒的做法，东周时期就有记载，但没形成固定制度，时有时无。始皇帝灭六国后，仇家刺客太多，不但要躲看得见的匕首，还要躲看不见的毒药，便设“尝客”，专门干这个。

后来始皇帝在博浪沙被刺客的大铁锥击中殒命，两个儿子争皇位，分别有战功赫赫的蒙氏兄弟和王氏父子撑腰。最终太子扶苏继承大统，但没传到孙子手上就被王氏的后人取代，建立了成朝。之后一千多年的王朝更迭，“尝客”始终存在，只是改名叫“玉食太监”而已。

公元1513年，生于古代卫国都城所在地的太祖，征战多年之后统一全国，建立了卫王朝，定都仁阳城，造帝丘宫。

卫太祖（信德皇帝）立志要创立一个前所未有的新朝代，比以前所有王朝都先进、都开明、都伟大，并亲自定下了十六字“国髓”：“以信立国，仁治天下。尊义重礼，忠孝服广。”

卫朝子民，不管识不识字，都要会背这两句话，若是哑巴，必须会写。每个来进贡的外邦使臣，觐见皇帝时都要变着花样赞美一下卫朝国髓的前所未有、开明先进，才能继续开展对自己有利的外交活动。

英明的卫太祖设计本朝制度时，总结前朝衰亡的诸多原因，发现后宫隐患有二：王爷人太多，宦官权太重。于是立下两条规矩——每个皇帝的妃子最多不能超过24个，死一个补一个；后宫不用太监，代之以宫里人（男）和婧官（女）。

宫里人不用阉割，是群特殊的政府公务员，只服务于皇帝居住的帝丘宫。负责试毒的自然不能叫玉食太监了，也不能再叫尝客——新朝代，应该一切都是全新的，起码皇帝看得到的地方都该是新的：新都城、新皇宫、新皇后，连皇帝自己在官方文书里的日常称谓也改为“帝上”，何况试毒的呢，于是这个职务改名叫式人。

太祖的新制度，无意当中弥补了从前玉食太监试毒制度的一个大漏洞。

太监的消化系统和常人无异，但因为少了其他关键部分，假如在食物中悄悄放入“阴剂”，太监是无法感受到的。“阴剂”就是壮阳药的反义词，成分配方如今已不可考，倒也是件好事。

卫朝之前的洛朝，有个十六岁登基的昭帝，就是中了这招。他一辈子没生过大病，正值青壮年，结果莫名其妙地慢慢丧失了床上的动力和生育能力，一生无嗣。他死后，经过短暂的宫廷流血，大太监支持的侄子继了位，洛王朝迎来一段无比黑暗的时期，差点提前灭国。该太监就曾经负责昭帝的饮食。

到了卫朝，这个问题迎刃而解。式人每过几天，就有医房（后宫医疗卫生部门）的人来体检，来人拿出一幅春宫图，问，起了吗？

式人若摇头，对方就换一幅，片刻后不耐烦地问，起了吗？

式人盯着图沉默一会儿，说，起了，起了。

口说无凭，人家还要摸他一把，确认无误便说，雅。

卫朝人对上级说“遵命”叫“唯”，上级对下级批准叫“允”，“然”等于“是”，“雅”就是“好”的意思。

如果式人起势刚猛、坚硬如铁，医房的人就连声称赞：“雅！雅！”这个画面其实一点也不雅。

看到这里你可能觉得我在瞎说，可这都是真的。

卫朝制度不但先进，还很严谨。后宫什么鸡毛蒜皮的事都往《帝丘记档》里写——“乌香八车北门出”，我不揭穿，你想破脑袋也猜不到是粪车运输的记录。《帝丘记档》这部皇宫后勤档案在我看来是卫朝第一奇书，婆婆妈妈，事无巨细，是历代患有强迫症的录官一笔一笔记下来的，不会看的人觉得超级无聊，会看的人总能在里面发现历史遮羞布的破洞。

吴毒进宫侍奉的，是卫朝第十一位帝上——中宪皇帝，时年二十九岁。

他是中宪帝的第二任式人，进来之前要经过各种考核。首先当然是政治背景清白：往上三代里没有重刑犯，不能是前朝官僚的后代，也不能是本朝官员的亲戚，防止朝堂和后宫勾结。

其次年龄要和帝上相仿，还要经过几位医房老医士的检查。式人在生理体质上要和帝上尽可能保持高度一致，比如帝上是属虚寒还是内火偏旺，那么选中的式人也要和他一样。卫朝前无古人得伟大，卫朝帝上和宫里人对保命这件事情也前所未有地重视。

最后一关是尝百菜，就是要把后宫若干种常见或不常见的食材都吃一遍，这可比尝百草的神农氏要好多了。

尝百菜是为了防止百年前的悲剧重演。当时是卫朝第四位帝上惠成皇帝在位，新进宫没一年的式人那晚品尝了一种叫“鲱”的海鱼，立刻身上发大疮，脸发紫且浮肿，伴有严重的呼吸困难。当值的医士认定是中毒，但从未见过此类症状。

禁卫亲军奉旨冲到饕房（后宫总厨房），把负责做菜的金厨三人、房右（饕房一把手）和房左（二把手）、送菜婧官二人都抓起来，关在肃局

（后宫保安部）地牢。式人当晚就断了气，被抓的人严刑拷打也没问出什么，隔天就全部横着运出了帝丘宫。

最终查明蹊跷的是一个返乡探亲半个月、现在回来继续上班的老医士，听同事说起式人中毒症状，觉得似乎在哪里见过。再一查，那个式人来自内陆地区，家境贫寒，从未吃过海鱼，案发时这种海鱼刚刚当季上市，式人很有可能患有“拗症”，用现在的话说就是过敏。

于是回头开棺验尸，式人体内脏器并无中毒症状，真相大白。

很明显，帝上冤杀了无辜，但帝上又是天元归一的完人，是不会犯错的。所以“毒鱼案”在官方《卫史》里没有给平反，那几位饔房宫人据记载都是在监狱里咬舌自尽。

但同一时期的《帝丘记档》很含糊地写了两条：一是天敬库（后宫人力资源部）新规定了式人

上岗前要尝百菜；二是资房（后宫财政部门）给那几个“谋逆”者的家属发了抚恤金。

这个故事的完整版记载于《针华闻道》，是另一个后宫的医士退休后写的回忆录，在之后的四十年内都属禁书。

再补充一句，卫朝虽然废除了宦官制度，但阉刑还是有的，专门用于武将叛国、官员谋逆、草民造反等罪名。如罪人无兄弟无子女，则适用该刑，然后发落民间，因为卫朝不随便杀犯人，“以仁治国”。受阉刑的犯人很多后来都自杀了——这并非朝廷动手，是他们自己放弃改造，非要自绝于帝上，自绝于万物苍生。

“百菜”里只要有一样过敏，这个式人就当不成了，帝上不过敏，你过敏，难道帝上吃饭还得顺着你来？

尝完百菜，吴毒就算正式上岗了，“罩靛衣，级十四，俸三十毫”，是后宫式人统一的待遇。

卫朝官级分二十一级，十四是中阶的末位，只比每座城市里半夜打更报时的人高一点。

读本科的时候，我们这帮历史系新生第一次知道卫朝的式人这个美差，都表示无比羡慕，尤其是几个吃货同学。你看，不用挨刀去势就能进宫，专门负责吃山珍海味，还有钱拿，还有行政级别，这哪里是天上掉馅饼，简直是飞到天上吃馅饼。

至于吃饭中毒这种情况，概率上讲不比瓦匠坠楼的职业风险更高。负责帝上饮食的金厨和负责其他皇室成员的银厨，共用一个厨房，方便大家互相监督。呈给帝上的每道佳肴，谁炒菜、谁打下手、谁传菜，当值的饕房负责人手里都有记录，出了事儿谁也跑不了，休想浑水摸鱼。

直到我们从学校毕业，踏上社会，开始工作，在职场有了体会，才渐渐能理解吴毒这样的式人并不容易。

首先是肉体上的。每次吴毒为帝上试毒之后，都要去帝丘宫的先庙，跪上半个时辰。他不是皇帝，却吃了皇帝的食物，无论出于何种目的，都有僭越的成分，要受到象征性的责罚——哪怕这天帝上胃口不好，几十道菜只喝了一口汤，吴毒也得罚跪。

多读读史料你就会发现，卫是古代王朝里最要脸面的朝代之一，在其政治理论体系里，帝上是半神。宫中要是设宴，群臣吃的菜都由银厨负责。金厨只给帝上做饭，其他人不能吃。

宴饮时，帝上不吃菜，只稍微喝几口酒，和大臣聊聊天，看看歌舞表演——作为半神的帝上怎能在群臣面前像凡人一样大吃大喝呢？高端大气的《卫史》写着“帝朝饮雾，夕餐霞，寿延万岁”，而鸡毛蒜皮啥都有的《帝丘记档》，对金厨的职责描述又是“不侍上外之人”——二者矛盾，作为一个过分要脸的朝代，这种黑色幽默再正常不过了。

其次是吴毒精神上的孤寂。

式人是最特殊的宫里人，不受外六局、中六房、三库这些后宫部门管辖，直接对通应侍（大内总管）负责。

帝上每日用膳两次，一早一晚，当中有顿茶点，叫“晌歇”。每天一到钟点，就有婧官带吴毒去吃东西，然后干坐在那儿，看有没有不良反应。一炷香后若是没事，就去先庙罚跪。此时帝上才开始吃饭，每道菜都有特制的保温炉，不用担心菜凉了。

吴毒不用踏进飨厅（工作人员食堂），睡觉有单独小间，不用挤通铺。除了按时带他去试毒的婧官，监督罚跪的宫里人，例行检查“起了没”的医士，他不需要和任何人打交道。

他是交际为零的职场人士，只有上级，没有同事。

吃喝拉撒，睡觉勃起，就是吴毒每天要干的事儿。个人娱乐？娱乐归六房里的乐房管，那些舞姬、乐师、优伶、吟人、球童、猫犬鱼鸟，都是为皇族准备的。看书解闷？文修库（皇家图书馆）只对皇族开放。

至于在宫里搞点男女关系，更是天方夜谭。

英明的卫太祖早就立下规矩，后宫招人，宫里人必须要阴柔细气、体态纤瘦，缺乏阳刚，主要来自商人和平民家庭。婧官必须面目粗陋、膀大腰圆，没女人味，基本都是些淳朴村姑。婧官没宫里人陪同，不得到外宫，宫里人没婧官陪同，不得进内宫。就算陪同，必须三人及三人以上，如有违反，可以谋逆罪论处。所以宫里人宁可搞同性恋（有史书暗示过此类现象），也不会和婧官有私人来往，更别提和妃了们了。

而式人的职责如此特殊，以至搞同性恋都没人找他。

总之，式人是没有生活的人，生存就是唯一的存在价值。用我大学同学的话说，不出事就是个蹭饭的，出了事就是为国捐躯。

这种锦衣玉食、无人搭理的日子，最终导致式人的非技术性减员。

在吴毒之前的那个式人，侍奉中宪帝整整十二年，接着有一天，《帝丘记档》记载，负责土木工程的工局忽然在中宫西北“凿新井”；资房“恤金二佰毫付讫”。又过了几日，天敬库“易式人”，吴毒进宫。

我的推断是前任式人投井自杀了，动机应该就是长期的式人生涯让那人患了抑郁症。如果是帝上下令处决，根本不用扔井里，学惠成帝来个咬舌自尽就行。

吴毒侍奉的这位中宪皇帝又是个很特别的皇帝。

神麒是中宪帝的第二个年号，他十七岁登基，前一个年号静元用了八年。静元八年，太后和辅政大臣基本死绝，凡事终于可以帝上自己做主。现代人常说三大好事“升官发财死老婆”，在皇帝身上就是“登基生子死老娘”——皇帝的老婆是死不绝的。

中宪帝为母后服丧期间，梦到神兽，于是改用神麒这个年号。神麒元年，中宪帝一个妃子病死，补了新人。翌年，又病死一个妃子，又补新人。第三年，陆续病死俩旧妃子，补了两个新的，还是姐妹……

帝上改年号之后，年年都要病死妃子。按理这些妃子正值美好年华，后宫的卫生、医疗条件也是全国顶级的，居然还能保持这种稳定的死亡率，不能不说是个神奇的现象。

向来爱掐架的史学界，在神麒年间的妃子身上达成了高度一致：中宪帝不敢违反祖宗定下的二十四定额，也不方便出宫去嫖，又嫌婧官长得丑，只能人为制造旧妃子的折损，不断更新宫闱队伍，既满足了小脑袋的快乐，还保全了大脑袋的脸面。

到神麒二十年，静元年间的那批旧妃子已经“余无几”。活下来的除了皇后，另外那几位幸运儿并非容貌出众、床技拔群，而是均出自朝廷重臣之家或者是建国元老的后代。

从神麒四年到二十年，我在档案里一直找不到吴毒的信息。后宫的妃子病死、纳新，各局各房各库的宫里人、婧官、医士、金厨、器匠们告老、招新；禁卫亲军的军官和军士轮岗、退伍，《帝丘记档》全有记载，不会遗漏，所以我认定他始终做着那份看似轻松，实则煎熬的式人工作。

前任熬了十二年便投井自杀，吴毒已经坚持了十六年。

如果他足够幸运，在精神崩溃之前，帝上先驾崩了，和新皇帝年龄相近的新式人就会取代他。那时吴毒可能会被贬到一个无关紧要的岗位，比如打扫卫生或者运输粪车，在宫中熬到一定年限，告老还乡，领着不高不低的退休金，守着朝廷赐他的几亩薄田，收收地租，安详地等待死亡。

变故发生在神麒二十年的冬天。

先是饕房一个叫李枕的宫里人暴病而死。这个李枕之前负责给银厨打下手，工作七年，稳重可靠，升格到给金厨帮忙，结果做了还不到一年，就发生了这样的事情。奇怪的是，资房没有像往常那样给他的家属发恤金。以卫朝后宫历来严谨的工作态度，我不敢想象是资房忘记给钱或者更新《帝丘记档》的录官忘了写进去。

这个细节困扰了我很久，直到两年后的一天，我在研究另外一个课题，无意中看到卫朝都城的刑事治安档案《组局侦要》，发现神麒十八年秋末，都城远郊发生一起残尸案，一个外地来都城探亲的男子在野外树林里被人割去了脑袋。此人的探亲对象不是别人，正是在帝丘宫饕房帮下手的宫里人李枕，死者的亲弟弟。

难道是李枕死了哥哥，伤心过度，最后在抑郁中过世？

这个发现又困扰了我一年，结果被一个老同学的一句话启发了。

这同学和我一起进的历史系研究生班，脑子活络。我们老老实实研究史料，他却有心，把史料里关于某个朝代皇宫膳房的食谱给搜集整理了一下，再备注哪个皇帝特别喜欢哪道菜，这些菜有哪些保健效果，编成一本书，找出版社出了，卖得特别好。他赚到第一笔钱，立刻退学，写各个朝代的御膳、养生保健，逐渐成了历史生活类畅销书作家，四处签售、讲课。他的导师却很传统，出的书都是《洛朝政治制度考》《10~ 14 世纪土地政策演变》这种。每每提到这个逆徒，导师的脑袋晃得几乎要掉下来。

正是这哥们有一天来研究所看我，无意中聊起自己最近在写卫朝的书，有个细节是卫朝的若干位皇帝，很喜欢一道叫“烩玉羹”的半药半菜的膳食，原材料包括新鲜的某种鹿属动物的大脑、豆腐、保存一年以上的笋干和青鲨尾巴炖的高汤。问题是，这种动物只产于我国东北寒冷山区。卫朝中后期始终和北方游牧民族政权“渤都国”势不两立，边境摩擦和局部战争打打停停几十年，贸易往来几乎为零。

卫朝宫廷内外都没有养殖该鹿属动物的记录，那么在两国兵戎相见时，这种产于渤都国大后方的新鲜脑子，是怎么持续不断地跑到敌国皇帝的嘴里的？

我心里一动，问，这道菜有什么功效啊？

老同学说，嗨，这帮皇帝老儿还能有什么追求，干得动，活得久呗。

他走后，我不眠不休，连夜查阅《缉局侦要》里中宪帝那个时期的资料。自神麒十八年起，都城周边地区，每隔一段时间就会发生无头残尸案，或者蹊跷的人口失踪，被害的多是单独行动、进出首都的外地人。

我又花了足足三天时间去翻《帝丘记档》，在李枕暴死之前的两年当中，餐房食品采购清单里唯一和脑子有关的食材，一个是做冷菜的鸭脑，一个是拿来喂养猎鹰的羊脑，但帝上的膳食清单里时常出现“烩玉羹”这道菜。

中宪皇帝此时四十五岁上下，以他长期死老婆换老婆的生活方式来看，是很耗精力的。

帝王富贾食用青壮年人脑来养精延寿的妖言邪说，自古就有，但因记载的书籍都是些不入流的“野书”，无论是医学史专家还是正史专家，都认为这是无稽之谈，是古代小说家为了销量，政治家为了攻击政敌而刻意编造的，连在酒桌上给专家们当谈资都不配。

“烩玉羹”端上桌时是羹汤样子，备料时却还是脑子。给金厨打下手、兄长不久前刚被割了脑袋的李枕是不是察觉到了什么，才暴病而死呢？朝廷没有给家属发放抚恤金，又表明了一种什么态度呢？

李枕死后，久违的式人吴毒忽然又出现在了后宫的人事部门记录里："式有恙，缺三日，罚俸五毫。餮房左代之。"

式人生病不能工作，皇家厨房二把手暂时代理试毒，是卫朝后宫的传统。但吴毒病得太巧了，李枕前脚死，他后脚就得病。查遍记录，吴毒进宫十六年，病到不能工作，就这么一次。

吴毒露了这么一脸，就又沉寂了，再度出现是来年春天，他得到"秉孝"的允许，也就是可以回老家探亲十天。进宫侍奉超过十五年的宫里人和婧官都有这待遇。低于这个年数的，只能家里亲属来都城探望他们，就像李枕的倒霉哥哥。期间，餮房左又提心吊胆地代理了十天的式人。

对于一个离家十六年的人来说，十天太短暂了。

但对于一个做了生死决定的人来说，和亲人团聚的时间短暂，未必不是件好事。

吴毒出宫“秉孝”之后半个月，应该已经回宫了。这天是“湛福节”，卫太祖为纪念自己生父而定的节日。按传统，帝上在进晚膳时要享用三道乡间土菜，是太祖父亲生前的最爱，其做法粗糙，味道酸辣，有忆苦思甜、饮水不忘源的意义在里面。

《帝丘记档》和《卫史》后来都记载了神麒二十一年“湛福节”发生在帝丘宫的风波：“式殒，上卧久，元子昼夜侍于榻，及五日，上愈。”

说白了，式人吴毒和中宪帝这天夜里都中了毒，吴毒当天就死掉了，帝上在床上和毒药做了殊死斗争，除了一群满头大汗的医士在抢救，太子一直在床边服侍（体现孝心，也方便随时接过权柄）。皇帝到底命大，没几天缓过来了。

诡异的是，正史记载，帝上认定此事是朝中某大臣集团在阴谋造反，为此抓杀了一批官员。《帝丘记档》里却显示饔房无一人被下狱或者处罚，和惠成皇帝“毒鱼案”时亲军雷厉风行的做法相差甚远。

大臣再怎么阴谋毒杀皇帝，起码也要有后宫内应来下毒吧?

正史没写的东西，自然有野史来弥补。

《眠隐录》是卫朝中期民间传说和朝廷轶闻的合集，收录各类故事七十余篇，一度被认定是禁书。其中一篇《金爪释闻》有回忆录般的文风，作者据说是个宫里人，曾服侍过中宪帝和他儿孙三代皇帝。该文是这样描绘神麒二十一年的“湛福毒案”的——当晚负责试毒的宫里人把每道菜都试过了，一炷香没烧完，就去先庙罚跪。此人已为帝上试毒十六年，十分可靠，当值婧官也没太在意，就由他去了。

结果帝上晚膳快吃完时，忽然肚子剧痛，满地打滚，便赶紧召医士过来。

手忙脚乱把皇帝抬回寝殿时，有个经验丰富的近身侍卫留了心眼，让肃局的宫里人去查验式人的情况。人家跑到先庙一看，式人还在那儿好好跪着呢，婧官就一直在他背后监督，没有发现任何异样。

肃局的人绕到他面前一看，不得了，式人面色乌青如铁，双目紧闭，鼻孔流血，以跪姿毙命都不知多久了。

抬走尸体时，人们在他膝盖上方的衣袍发现血迹，那是双手因为用力抓住膝盖，指甲根部断裂所致。验尸时，打开嘴巴一看，牙齿咬碎了好几颗。

下毒者是谁，不言自明。

医士确证帝上和式人所中为同一种毒药，该药起效时间只需一炷香不到，味酸，放在三道“湛福节”土菜里可以完全掩盖住。但毒药是以何种方式放进菜里的，一直没查出来。

当然，这个版本的故事是来自民间的一家之言，到底作者亲历还是道听途说、借宫里人的名义发表，都吃不准，可信度成疑（就在同一篇文章里，作者信誓旦旦地号称自己在帝丘宫上空看到过金龙露爪）。

总之，式人吴毒就这样被毒死了，凶手可能是别人，也可能是他自己。

至于动机，和其他很多无足轻重的古代谜团一样，变成了杂碎历史的汤料，和大众历史不起眼的注脚。

也许，吴毒知道了李枕暴病的真相。也许，在龙阳之癖不被禁止的宫里人当中，在苦熬十六年的式人生涯里，李枕曾是他唯一的精神寄托……这些我们都不得而知。《帝丘记档》里的内容再事无巨细，也不会记录宫里人和婧官之间流传的闲言碎语，更不会写下他们作为人类的情感记录。

几百年后写下这篇文章的我，也不过是个无足轻重、闲得无聊的二流历史研究者，收入微薄，埋头故纸，对现实社会的贡献几乎为零，又像吴毒那样无所畏惧。

吴毒死后不久，后宫开始改革规章，原本一人担任的式人改由三人担任，试毒时互相监督，观察时间也从一炷香改为两炷香。

中宪皇帝经过这一毒，身体大不如前。这年秋天，帝上改年号为承光。但新年号并没能给他带来多少好运。承光二年夏，帝崩，葬于卫十七陵的固陵，谥号中宪，庙号德宗。

元子（太子）接继大统，改年号为天和。《帝丘记档》在他登基后记下了这样一条："易式人佂，同龄，年廿一。"

"烩玉羹"这道菜，暂时退出了新皇帝的菜单。

·

公益杀手

这家店虽然全市闻名，但规矩也实在太多。顾客进来后，要先交手机、交钥匙，套上纯白色的松松垮垮的套装。换衣服时，身强力壮的保镖在一旁虎视眈眈，好像怕我们转身走人似的。可能，这就是所谓的饥饿营销?

按理，谈这么重要的事情最好是在包间，但不巧今天包间都满了。我满怀好奇，从包间小窗里望，的确很别致。墙壁和天花板都是用消音棉装饰，无论里面的客人吵架还是哭泣，外面一点儿声音都听不到。

大堂倒是不拥挤，我在靠窗的某张桌子边找到了樵先生。第一次见这么著名的天使投资人就迟到，让我深感惶恐。他应该比我早来很久，但并没有等得不耐烦，而是捧着一本白色封面的书在读，只不过是倒过来拿的。

最近流行的这种“倒读训练法”我也有所耳闻，据说能开发孩子智力，让青年人解压，防止中年人患上老年痴呆。发明出这套办法的哥们儿融到了八百万，以我的观点看，有点吃亏了，不止这个价。

我打过招呼，坐下，樵先生没问我要喝点什么。他自己面前只放着一杯水。这个头发剃得很短、白色上衣一尘不染的男人，应该品尝过全世界最昂贵的饮料，现在化繁为简，极端朴素。

他把书合上，放在一边，然后看着窗外。他的黑框镜却始终摆在桌子上，也不知他现在能看清什么。过了一分钟，他才转过头，戴上眼镜，吐出一字：“说。”

价值几千万的项目，取决于我接下去的开场白：“您杀过人吗？”

樵先生面无表情，似乎没有被我吓到：“我向来奉公守法。”

“您说到点子上去了，守法就是没有杀过人，杀人即犯法，但我们会发现，法律里并没有直接写‘不许杀人’这四个字。”

“文字游戏，”樵先生说，“《刑法》我读过，侵犯公民人身权利、故意杀人、故意致人重伤至死亡的，都要负刑事责任，只是没有直接表述为不许杀人罢了。”

“非常正确，法律条款会告诉你，杀了人且被抓到、在证据确凿的前提下会得到什么样的惩罚。

那么，是什么促使我们的大脑里形成了不许杀人这个念头呢？是恐惧和道德——对刑罚的恐惧，以及从小到大被灌输的生命教育和道德教育。”

那又是什么会促使我们去杀人呢？还是恐惧和道德。比如恐惧，就有很多分身：劫犯杀人，是因为对罪行败露的恐惧；职业杀手杀人，是因为对贫穷的恐惧；情杀，是对失去爱情的恐惧；仇杀，是对世间不公的恐惧；自卫杀人，是对失去自己生命的恐惧；恐怖分子杀人，是对所谓的“事业”将要面临失败的恐惧。

除了醉鬼、吸毒者和心理变态的杀人狂，个体的杀意均出自恐惧。

“偷换概念。”樵先生说：“不过还算有趣，继续，你还没说道德的杀意。”

“我们总是把道德拔得很高，似乎比法律还要高级，觉得每个公民如果能守法是初步成功，如果能道德良好就是更上一层楼，但事情从来没那么简单。”

自从有了“道德绑架”这个玩法之后，道德就不再是单刃剑，它沦为了可以操控的工具，成了“军备竞赛”的一个指标。

在都不犯法的前提下，道德无可指责的人便可高人一等，道德小有瑕疵的人便可以笑话那些瑕疵比他们大的人，甚至给对方“判刑”，最简单的惩罚手段就是骂人，在生活里骂（当面或者背地），在微博上骂，在朋友圈骂，在聊天群里骂。

当普通人的道德底线受到了前所未有的挑战，已经不能用“道德败坏”来形容时，杀意就会产生，因为他们知道法律制裁不了对方。

樵先生：“比如说呢？举几个例子。”

例子太多了，就说去年发生的吧，最有名的案件，女生 A 为了救女生 B，被 B 的前男友捅了十几刀致死， B 却见死不救，甚至对 A 的母亲避而不见， B 的父母还推脱责任，说是 A 自己命短，和 B

毫无关系。网上一片喊杀声，不止对凶手，还对B。

樵先生点点头，表示自己听说过这件事。

还有 X 幼儿园老师给孩子喂辣椒酱、安眠药的新闻，不少受害的孩子诊断下来得了应激反应症，十个网民里一半都在喊着要对老师处以极刑，其中除了为人父母者，还有很多是未婚人士。

有个年轻有为的 IT 行业创业者，和妻子结婚没多久就被要求离婚，还被勒索财产，这个男的最后跳楼自杀，前妻则人间蒸发，不管网友怎么骂，都没现身。

没有成为现象级的事件就更多了。有同性恋患者对急诊医生隐瞒性取向和艾滋病史，医生给他开刀，划破了自己的手。结果患者的病例泄露，医生自己的检测结果虽然还没出来，为了向爱人负责，只能取消婚约，和女友分手。最后检测出来医生暂时没事，但代价惨重，还不排除潜伏期之后会出现什么状况。

还有个女司机在高速公路上错过出口，居然掉头一路逆向行驶，嘴里嘀咕“这不对，这不行”，最终引发了交通事故。坐在副驾驶座上的男人还一直教唆她快点开，开到出口就行了——不料全程都被自己的行车记录仪记了下来，传到网上，网友认定这个男的也该判无期。

至于写作圈，抄袭别人、赚得盆满钵盈结果还倒打一耙的作者不在少数，遇到哪个帮原作者说话的人就让助理打电话过去，警告要发律师函，让对方删除博文。

再往前几年数，大学生救人溺水身亡，高价捞尸体的新闻犹在耳畔。

这些案例至少还有个具体对象。还有很多情况下，人家都盼着“杀一儆百”的威慑效果：那些抢占年轻人打球场地的广场舞大军，在公交车上专捡女孩子欺负的让座大爷，虐狗虐猫的无名杀手，纵容熊孩子闯祸的父母，大马路上在汽车跟前躺下的碰瓷老人……无一受到法律的制裁，光是道德的谴责也没有用处。

各种各样引人义愤填膺的奇葩太多，难怪有人说我国的网民总是处于愤怒和感动两种状态里，戾气太重，看到这种新闻，网友们都希望病魔战胜大妈大爷。

我们常说，不杀不足以平民愤，但法律不会凭着民愤就杀人。试想，如果民间出现这样一个“广场舞杀手”“碰瓷终结者”“让座大爷狙击手”，或者专门给熊孩子狂灌辣酱的辣酱狂魔，让这些人有所收敛，内心惶惶，那会了却多少网友的心愿？

“您觉得雇佣这样一个角色，为民除害，以平民愤，要多少钱？”

樵先生稍微迟疑了下：“五十万？”

我伸出右手食指：“一块钱，只要一块钱。”

去年的统计数据是全国有 7.5 亿网民，双 11 的时候他们花了将近 1700 亿元网购。一百万个网友一个人花一块钱，就是一百万。一块钱现在除了能买两根棒棒糖或一包廉价纸巾，还能干吗？但每个愤怒的网友出一块钱，加起来就是一笔巨款。

樵先生："你是说买凶杀人？"

我换了个坐姿，身体前倾："很遗憾地说，您这概念太落伍了，一点都不互联网+，如果我们换种思路呢？"

买凶杀人一般是指付了钱，雇佣一个人去犯下命案，毫无疑问这是触犯法律的，每个遵纪守法且富有道德感的公民都不该这么做。

但要是事情是这么发生的——有个家伙道德败坏，远远突破了底线，但法律奈何不了他。这时有个A先生故意杀了他，被抓了，证据确凿，被执行死刑。A先生还有个在读书的女儿，重病在床的父亲，收入微薄的妻子，好心的网友每人给他妻子的微信或者支付宝账户打去一块钱，最后居然变成了一百万，这算什么呢？这就不是买凶杀人了，这是做公益。

樵先生摘下眼镜，用衣服一角擦拭了许久：

“你所谓的好心网友，其实就是每个气血上涌想要杀了对方、但又迫于恐惧和道德自己下不了手的人，是这样吗？”

我摊摊手：“这个我不能下定论，但从法律上说，晒出自己的收款二维码，或者扫描某个二维码支付一块钱，都不犯法，这就够了。”

他没有停止擦眼镜，我都开始担心镜片会摩擦起火了：“那么，谁会为了这点钱铤而走险，拿出一条命呢？”

“那太多了，身患绝症的，极度贫困的，背了巨额债务没法翻身的，得了艾滋想报复社会但又不忍心伤害好人的，甚至精神病人的家属。”说到这里，我觉得口干舌燥。四下张望，想找服务员点单。但四周顾客很多，或交谈，或静坐，或打太极，或是对着镜子唱戏，唯独不见服务员的身影。

来之前，就听说这里的樱桃可乐兑双氧水非常出名，我想试一下。“你看新闻了吗，有个初一学生捅死班主任，因为未成年保护法，都没办法判他死刑，三流初中简直是杀手培训基地。”

樵先生终于戴上了眼镜：“你今天跟我谈这个，就是想建立一个基金制度，对吗？保障这种先杀人、后捐款的……新做法能够实行起来。”

“和您这样高智商的前辈交谈，真是叫人高兴！”

我不由轻拍了下桌沿，“前期投入只要一亿五千万，一亿用来保障一百个这样的公益杀手，五千万用来运营整个项目，包括进行间接的宣传——您知道，我们的做法超前于时代，有很大的风险。”

樵先生：“不光是法律风险，还有道德风险……”

“我理解您的顾虑，毕竟，这是牵扯到生命权的事情，但您想想，理论上的权利和实际操作永远是有差距的。为什么大家不敢犯法触禁？根源是对未犯罪者的警示作用。”

如果杀人不犯法，如果法律不作为，明天就有无数人横尸街头。同样道理，为什么碰瓷、欺负让座、广场舞占领球场、熊孩子和各种各样挑战底线的奇葩层出不穷，无法禁止？因为法律有空白处，道德规范又不能立刻生效。如果没有超强力的泻药，这个病人的躯体只会越来越肿大，最后爆炸，屎溅四壁。

我们需要一批牺牲者，警醒世人，力挽狂澜，他们负责冲锋，我们负责善后。

最神奇的人类都是呼唤“大爱”的，如果他们多读点书，会发现人类的发展历史就是在“爱”和“恨”的不断博弈当中行进的，只有爱而没有恨，我们会仍旧活在原始猴时期。

“请您记住，我们现在谈的不是生意，是公益。”

我一边说，一边回忆着自己对樵先生的了解程度，他曾经花了不少资金在海水净化、新能源开发和“消灭饥荒”等项目上，“那些未来的杀手们不是职业杀手，是公益杀手，您除了考虑各种成本，更要考虑子孙万代的未来，您正在从事一件超脱法律、比法律更全面和伟大的事业。”

樵先生摘下眼镜，摁了摁太阳穴，说，是啊，法律，我见过不少朋友逃脱法律的制裁，它的局限性我太清楚了，我大学就是读法学专业的。我的有些老师总爱把法律抬很高，就像有些作家把文字抬很高，神圣啊，至高啊，但在我看来——法律和文字都只是工具，是为了实现某种更高级的目的而存在的。既然是工具，自然有局限性，本质就和菜刀一样，你可以拿它来切菜，但不能用来修剪鼻毛。一个人虐死再多的野猫野狗也不会入刑，你揍了他，你要被刑拘，这就是法律的局限，也就是工具的局限。

我这次拍了下桌面：“您说得太对了！”

樵先生第一次拿起面前的水杯："你的项目构思很好，但真要我介入实施，只有一个要求。"

"您说。"

"第一个被公益杀手除掉的人，必须是你。"

我嘴巴半张，半天没有回答，刚要开口，就被樵先生打断了："你刚才其实已经完全说服了我，你是个很聪明的人，也很卑劣，伟大和卑劣其实是一体双面。如果我们的做法被人熟知，他们一定会认定最先想出这个主意的人很卑劣，除非，你亲自死于这种模式，那么人们只会敬佩你，你会变成一个伟大的烈士，我向你保证，我和我的资金，将一直支持你开创的这项事业！"

我双手撑膝，苦思良久，发现樵先生的话很有道理，便猛抬起头，拿过他面前的水杯，一饮而尽，长出一口气，道："好！我答应你！但也请你答应我一件事。"

"请说。"

“项目启动后，每个付了一块钱的人，您都要将其个人信息记录下来，在其临终之前，给这个人寄去一张账单，让那个人知道，他为这个伟大而卑劣的事业做出了什么样的贡献！”

樵先生说，我答应你。

我点点头，第一次毫无畏惧地看着他，忽然笑了。接着他也笑了，我能看到他仰头大笑时鼻孔里的毛。我们就像两个精神病患者那样，毫无顾忌，放肆大笑。

我从刚才落座到现在聊了二十多分钟，服务员才第一次端着方盘子出现，不过她却穿着难看的蓝色工作服，口吻也很生硬：“你们俩，先别聊了。”

“干嘛？”我不满地问。在这家安静的高级餐厅，这种服务态度是不可思议的。

她皱了下眉毛：

“什么干嘛？吃药时间到了！”

看着烂片长大

我哥们毛肚生于1984，就像春哥在凡客广告里的那句标语。

那一年，英国人拍了部叫《一九八四》的电影，中国观众不知道。

那一年， 20岁的尼古拉斯·凯奇演了一部叫《鸟人》的电影，中国观众不知道。

那一年，电影《终结者》诞生，中国观众过了七年才看到，当时很少人记住导演的名字——詹姆斯·卡梅隆。

但毛肚的爹记住了，因为他是区文化宫电影放映厅的画工。

上世纪八九十年代，电影院外的巨幅海报还没电脑喷绘那么一说，得靠毛肚爹这样的匠人站在高脚架上一笔一笔画出来，写上片名主演和导演。偶尔发生审美偏差，“笔走偏锋”，把施瓦辛格画成尚格·云顿，广大观众也看不太出来。

毛肚爹就是在这里认识了负责卖电影票的毛肚妈，后来就有了毛肚。

如此说来，毛肚也算生于电影世家。

每年暑假的时候，毛肚就泡在文化宫的放映厅里，反复看那些片了，好片、烂片都有。但那时候有一点和现在不同——大腕是不接烂片的。

他童年的愿望就是长大了以后也在文化馆上班，负责摆弄放映机，一家三口就永远有看不完的免费电影，然后晚上在饭桌前评头论足，指点江山。

毛肚的小舅舅也是电影工作者，外号“红烧”。

红烧舅舅的职业叫跑片，听上去像“跑偏”。

当时电影都用拷贝放映，数量有限，常常要几家小影院共享资源，你这场放完了赶紧拿来给我，跟传递奥运圣火似的。红烧舅舅就负责骑着摩托车把拷贝从这家影院送往下一家。

有时遇到交通拥堵，一部电影放到半截，下半部拷贝还没到，就要在荧幕上打出字幕：“跑片未到，稍安勿躁。”

观众们这时候就只好到外面去中场休息，抽烟的抽烟，拉屎的拉屎，买冰棍的买冰棍，并且伸长脖子等着跑片大哥驾着七彩祥云到来。

毛肚觉得舅舅的工作太赞了，可以威风凛凛地骑摩托闯红灯，还有几百号人盼星星盼月亮地候着他，那架势跟重要外宾来我校参观指导一样。

可红烧舅舅觉得这份工作没意思，领着波澜不惊的死工资不说，背着这份拷贝跑到 A 家，喝口水，马上要背上另一份拷贝跑到 B 家，看电影的机会很少，永远是一种凯鲁亚克“在路上”的状态，可惜他又不是嬉皮士。

毛肚小学上四年级那年，红烧舅舅辞去工作，当上了黄牛，在电影界正式跑偏了。

区文化宫这种小地方是没有黄牛市场的，红烧舅舅靠着早年跑片积累的人脉，一头扎进国泰国际国星这些大影院的黄牛圈，从经理这里拿票，到大厅里揽客，在门口数钱。

那是黄牛们举办盛宴的好岁月，国外大片不断进来扎钱，《拯救大兵瑞恩》《碟中谍 1》《角斗士》，一部接一部，被抓住了也不用担心像八十年代那样因为投机倒把罪给关进去。

黄牛们像电影杂志编辑一样保持着专业敏锐性，一到这种大片进来时都跟打了鸡血似的。好的进口片，都不用你去揽客人，没买到票的反倒追着黄牛问有没有票有没有票，这时候黄牛才是上帝。

就像《泰坦尼克号》刚进来的时候，人们都特么疯了，好像电影院售票处卖的是长生不老药，不抢到一张就活不过明天。有人因为插队打架弄得头破血流，警察都给喊来了。

又是詹姆斯·卡梅隆。

文化宫也放《泰坦尼克号》，但要比大院线晚五天，毛肚打算先忍一忍，看免费的。红烧舅舅说你爹妈憋屈一辈子就算了，你不能跟着憋屈，说着甩给他两张国际影院的票：“有女朋友带女朋友，没女朋友拿这票搞定一个！”

这两张前排居中的票，黄牛价两百不嫌多，当时是 1998 年。

红烧舅舅还格外嘱咐了一句：“演到快一个半小时，男主角削铅笔的时候，千万别眨眼。”

这就是红烧舅舅和其他黄牛不一样的地方，别的黄牛非要等到这票子快砸在自己手里了，才走进电影院，不看白不看。红烧舅舅呢，新电影上映第一天的最后那一场，他无论如何也要进去看。属于他自己的那张电影票，天王老子来了都买不走。

但毛肚辜负了舅舅，他没找着合适的女同学，只能跟要好的男同学去了。

莱昂纳多削完铅笔，全场鸦雀无声。

从电影院出来，男同学对毛肚说，你真是我最好的兄弟！

过了四年，等毛肚上了高中，终于有个女朋友可以带进电影院的时候，大银幕上再也没有裸体女人出现了。

那是影院单厅制的末世，周末一个 600 人的大厅放《指环王 1》，观众就五个人，分别是毛肚情侣、一对母子，还有一个看电影时喜欢哼哼唧唧的男人。毛肚一开始以为那人有病，直到忽然有个姑娘的脑袋从男人的肚子上抬起来，这才明白一共有六个人。

毛肚那时候很纯良，心想，这对狗男女，白瞎了一部好电影。自己却连女朋友一个手指头都没动。

来年高考报志愿，毛肚填了影视编导专业，毛肚爹妈说这个专业学费高，不如学金融或者会计。

这时是VCD的天下，红烧舅舅在黄牛票之外发现新商机，在文化宫门口摆了个卖光碟的摊子，电影院上映的或者不上映的，包括不容于国家法律政策的碟都有卖。

红烧舅舅力挺外甥说，就考影视编导，我以前每次进电影院看那些火爆的外国片就想，咱们他妈的什么时候能拍出这样的玩意儿来啊？肚儿，以后就靠你们这代人了，知道了吗？学费贵，我出一半。

毛肚进了编导系，不过是一所三流综合大学的编导系。

学了一堆理论、拍了几部作业、学会了操机器剪片子抽卷烟喝啤酒之后，对昆汀和杜琪峰熟得跟上下铺室友一样，毛肚心里却越来越没底，因为听说本专业很多师兄师姐毕业后都去了培训机构、银行证券、广告公司、中小学校和事业单位，进入电视台或者影视圈的人少得像三毛的头发。

直到有一天他走进学校附近的电影院，看了部很多明星出演的新片《一石二鸟》，看到一半发现大厅里人都走得差不多了，后悔一开始没把自己女朋友叫上，别说哼哼唧唧了，嘿嘿嘿都没人发现。

毛肚的观影感言用后来流行的词汇形容就是“我特方”，简称“WTF”。

更方的是这年年底时，这片子还出了续集。系里盛传续集的编剧之一就是上几届的某个师兄，靠这片子赚了十万。

专业课全系排名垫底的毛肚心想，要是这也能行，那我估计饿不死了。

到他毕业那年，《一石二鸟》出了第三部，豆瓣评分达到了逆天的 11 分，三部加一起算的话。

毛肚第一份工作和影视圈无关，但和影视有关，就是在艺考班的培训机构上课，教那帮子从全国各地赶来，怀揣导演梦、编剧梦的高三学生们如何考进一流院校的影视专业，学费很贵，不贵还没人愿意来。

除了单位不给交金，毛肚爹妈很满意他这份坑蒙拐骗的工作。

干了一年多，有次他参加同学聚会，有人猛拍他肩膀，问，还记得我不！

一回头，就是当年一起看《泰坦尼克号》那小子。

这哥们成绩差，高中毕业就出去混社会了，结果混进一家投资公司，现在主营业务之一就是搞影视。

老同学说别搞培训了，骗小孩子能有几个出

息？不如跟着我搞电影啦，钱多妞也多。

毛肚想想红烧舅舅当年为了赞助他学费，好不容易谈的女朋友都吹了，人到四十至今未婚，于是脑袋一热，说，搞！

辞了职，跑到北京开会，和制片人一谈项目再一看剧本大纲，妈的，还不如《一石二鸟》，好歹人家还有那么多明星助阵。

老同学开导他说电影行业么就是这样咯，有人愿意投钱做，你管那么多？吃饭要紧。这个片子的编剧你们几个新人都不署名，但是保证新人里你拿的最多。

毛肚心想既然都来了，只好如此，就当是进军影视圈的敲门砖吧。

一伙人在酒店房间憋了一礼拜，剧本算是完成了。但从后来院线上映的成片来看，拍这部戏用的时间搞不好还不到一礼拜。

毛肚去朝阳剧场看自己的处女作，看到一半就走了。

但剧本的大部分款子按时给到了，毛肚揣着钱回到老家，先还清了舅舅赞助的学费。红烧舅舅这时候已经开了一家卖碟的小店， VCD的时代已经过去，现在是D9和番茄花园的天下。

红烧舅舅问毛肚，你这片子几时上映？

毛肚心想幸好编剧没署我名字，就骗他说，只是剧本完成，片子还没拍呐！

红烧舅舅说好好，上映了一定告诉我，我买票请那帮贩票的崽子们一起看，对了，你那电影，讲了个什么故事？

毛肚只好用学校里拍作业的那套东西糊弄了个故事告诉舅舅，再给他打预防针说，写完的剧本未必要拍，拍了也未必能上院线，只能求老天保佑了。

舅舅鼓励他道：事在人为。

一回北京毛肚就用起了笔名，生怕红烧舅舅以后在哪部糟心电影的字幕里看到他的真名。

事实证明这是毛肚的明智之举，后来他参与了好几个不署名的剧本，拍这些片子明明是本着挣钱去的，最后给人感觉这片子是用来洗钱的。

他还写过恐怖悬疑片，其实国产悬疑恐怖片唯一的悬念就是收尾的时候二选一该选哪个好——到底是判定主角精神错乱还是有人在幕后扮鬼。

当他写到第六个本子的时候，终于可以不用再做无名英雄，排在编剧栏第三位。

但那片子烂得出奇，就是一大款为了捧红自己的小女友才拍的，还找了一堆大腕儿当托。

据说天王刘德华当年被黑道拿枪顶着脑袋接下烂片合同，毛肚很能理解苦衷。但大腕儿们活蹦乱跳地来接这片子就说不过去了，他心想，这剧本又不是用甲骨文写的，你们难道就不多看几眼再做决定？

至于女主角的演技，哪怕有莱昂纳多一根头发丝的努力，也不至于此。

片子上映后，毛肚看到电影院都想绕道而行。

他庆幸的是，如今不流行手绘露天海报了，自己那快要退休的老爹不用画那么糟心的玩意儿。

那个女主演，两年后反倒因为一段无意中流出来的房闱视频火了，毛肚看后觉得，这段一分十几秒的艳舞视频大概是她这辈子最用心的演出了。

幸运的转机也曾差点落到他身上。

一次流水饭局上，他碰到了一个挺有才气的青年影星，对方说自己最近有个特牛逼的想法，想组织几个专业编剧给化成本子。席上有人推荐毛肚，毛肚正想接话茬，那个一起来吃饭的老同学居然抹黑自己人，说你这故事内核太牛逼，得找圈内老鸟，毛肚干这个才两三年，还在摸索。

毛肚沉了脸，又不好驳老同学。

上厕所的时候老同学尾随进来，解释说你别以为我刚才是在挡你路，那小子有才气，能拍能导，但手腕太多，每回都是找好几批人为他轮番改剧本，最后他改一个终稿，编剧就署自己一个人，名利双收。其他编剧钱拿得不多，还不给名分，你去了肯定要吃亏。

第二年那部片子上映了，票房口碑都好，编剧那栏还真就他一个人。

圈内试映的时候，老同学就坐在毛肚边上：“你瞧，我当初说什么来着？”

毛肚垂头丧气。他已经写了不少烂电影剧本，好不容易有个好片子却失之交臂，没能给红烧舅舅长脸。舅舅是不管署名不署名的，他深信外甥不会骗自己。

这部片子刚下档，马上有艘国外的票房航母开了进来，那就是《阿凡达》，导演又是卡梅隆。

自从网上的电影资源越来越多之后，红烧舅舅们的生意没有以前那么兴隆了，光碟摊也跟着萧条起来。

《阿凡达》这次掀起的观影高潮算是让他们重温了一把往昔的激情。除了新冒出来的名词“IMAX”和“3D”，他们仿佛又回到了《泰坦尼克号》汽笛嘹亮的岁月，被人到处追着问，有没有票有没有票啊我女朋友非要看 IMAX 啊。

还是老样子，红烧舅舅看了第一天最后一场《阿凡达》。出片尾字幕的时候他摘下 3D 眼镜，嘀咕了句：“哎，咱们他妈的什么时候能拍出这样的片子啊。”

这是他在电影院里看的最后一场电影，那天夜里他在家门口倒下，被邻居及时送到医院，查出来是急性脑血栓，抢救了过来，但还发现有尿毒症的症状，以后可能需要定期做透析。

红烧舅舅从此和电影院、黄牛党、光碟摊断了关系。

孑然一身无儿无女的他也需要钱治病。

毛肚觉得报恩的唯一方式就是写更多得心应手

的烂片剧本，赚更多的钱。

毛肚还买了一台便携式影碟机给舅舅，让他躺在床上也能看电影，但像《钢铁侠》《蝙蝠侠》这种快爆响的片子不太合适，他只能看起温吞水的文艺片，觉得生不如死。

毛肚每次回老家去看舅舅，会事先准备好一个故事，都是被投资方和制片人枪决的那些个点子，添点油加点醋，就成了舅舅耳朵里他正在忙活的剧本。

有两次舅舅的情况不太好，又被送医院，毛肚赶紧回老家。红烧舅舅宽慰他说你放心，我死不了，我大外甥写的电影还没上映，我还没看到，怎么能死？一个片子怎么要审那么久？

毛肚一边点头，一边想，这样其实也挺好，间接靠着烂片养活的舅舅躺在床上，永远也不知道外面又上映了什么大烂片，也就不会被气得血压高。

时至今日，红烧舅舅依旧活着，毛肚仍旧在北京刷着剧本，看着自己写的烂片赚得盆满钵盈，看着好片收获口碑错失票房，隔三差五和某个姑娘滚床单，给家里寄钱。

詹姆斯·卡梅隆要是再出新片，毛肚说什么也不会让舅舅看到了。

每每看到口碑不错的国产片，毛肚都要买两张票，却一个人进影院。

空着的座位，是留给远方的红烧舅舅的。

毛肚每次跟我们喝多了都会说，我还记得自己小时候看过的那些好片子，但我也经历了烂片家族茁壮成长的岁月。我写不了好片子，但我希望有一天能看着好片子枝繁叶茂，生生不息，而不是沙漠中的绿洲，那样美，那样少。

红烧舅舅仍旧活着。

没有歌词的女流氓

大麻说，这个世界已经被死娘炮和广场舞大妈占领了，所以才会有那么严格的全校禁烟令。

以前学校里的游戏规则是：老师们可以在办公室里抽烟，学生们可以躲在厕所里抽烟，娘炮们闻着烟民放出来的屁，心旷神怡。

现在呢，连老师都不能在学校抽烟了，简直是礼崩乐坏，这让他们很不爽，被抓到抽烟的学生也就跟着倒了大霉。所以常能看到几个小烟民，每人鼻孔插着两根烟，在办公室外面罚站上一节课——这是第一次被抓。如有第二次，政教处老师会直接帮你点着鼻孔里的烟，让你爽个够，爽到自己老娘是男是女都分不清。

大麻说，去他妈的，政教处这几个老师，几个月前还是我最忠实的顾客。

大麻家里就是开杂货店的，该店紧靠进出本市的公路，卖得最好的分别是假烟、矿泉水、打火机、真烟。大麻两岁起就在一箱一箱的香烟上玩耍，十三岁那年偷偷抽了第一支烟，十五岁他爹肺癌去世，奇怪的是他老爹从不抽烟。刚丧偶那阵，大麻的老娘把店里的香烟都下架了，憋了两个月憋不住销售业绩直线下滑，又开始卖烟。

从小学开始，每逢班主任家访，大麻老娘都要塞一条烟过去，班主任便会容忍大麻在学校的胡闹。到了初中，大麻开始带着香烟去上学，从校园小混混到食堂打饭的大叔，都是他的顾客，谁让他卖的都是真烟，价格还比外面便宜呢？每次出门去学校，大麻老娘从不叮嘱他“课本作业本都没忘吧？”，只会说，“再带两包红河，那个卖得好！”

大麻跟我们忆苦思甜诉说这段烟龄史的时候，常有人不信。大麻叼着烟，一脸鄙夷的神情，像个便秘的人妖哲学家，说我们又不是生活在审核过的校园小说里，那里面中学生不能接吻，未成年人不能抽烟，姑娘是纯洁的处女，直男们被甩时天要下暴雨——去他的，我们生活在现实当中。

正是大麻，在禁烟令颁布后发现了抽烟不被惩罚的诀窍。

我们这所三流高中的隔壁是所三流职校。我们学校考得最好的学生也就去二三本，剩下都去了大专，而职校最优秀的学生将和他们在那里会师。相比那些跟我们面和心不合的市重点、省重点中学，隔壁的这个才真是兄弟学校。两所学校只隔着一堵东西向的水泥墙，大约两米多高。墙的西头是条污染严重的小河，每到夏季那味道可以熏死一群臭鼬。墙的东头是我们正对马路的铁栏外墙，顶部是一排密集的矛尖，往那上面一坐，你会立刻拥有两个及两个以上的菊花。

唯独水泥墙本身，顶上什么也没有，只要能想办法爬上去，那就像公园里的长条凳一样舒服。

大麻教我们就坐在墙头，屁股朝着高中，小弟弟对着职校，吞云吐雾。理论上，我们此刻并不在自己学校，我们悬空荡着的双腿，我们嘴里的香烟和脏话都在职校领空，不属于高中管辖。抽完烟，烟头送给职校，转身一跃，落回可爱的母校，老师们并不能把我们怎么样。

至于职校那边，之所以叫职校就是因为他们是帮不拘小节的家伙，从不在乎我们在墙上干了什么，也不在意绿化带里我们扔的那些烟头，因为职校自己的学生在绿化带里留下了更多的烟头、空酒瓶、用过的安全套，可能还有打群架时崩飞的牙齿。大麻说哪怕站在墙头对着职校撒尿他们也不会管的，我们年轻的尿液已经被考卷和题海阉去了骚气和信息素，变得像纯净水一样乏味。

本来老师可以在墙头铺上铁丝网，安上闭路监视器，埋伏好狙击手来阻止我们。但他们没有，因为身为资深烟枪的政教处主任率先在课间跑到校门外抽烟，其他烟民老师也跟着效仿，这大大缓释了他们心中的积怨，对我们骑在墙上的行为眼开眼闭。你看，我们的食物链就是如此：社会舆论干翻教育局，教育局干翻校长，校长干翻老师，老师干翻我们，我们毕业以后进入社会变成家长，再回过头来干翻教育局，无限循环，形成完美的烟圈。

社会学家大麻那天中午在墙头上抽烟，听到一阵喧哗，扭头望去，是一群职校女生正围住一个职校女生，后者被逼到了墙角，无处逃遁。在这所职校里这种事很普遍，而且有个不成文的规定：女生间的内战，男生不许掺和，除非你是其中谁的男朋友，不然就不要发扬骑士精神。但大麻还是出手了，因为被围攻的女生看上去挺漂亮，楚楚可怜，惹人心疼。要是被拽头发撕衣服，何其可惜。

大麻手一扬，手里的玻璃汽水瓶在女生后面炸出一声响，没碎，但足把她们吓出尖叫，人墙出现一个缺口。姑娘们边破口大骂边对大麻怒目而视，楚楚可怜的女生动若脱兔，飞快地从缺口里逃了出去，遁入教学楼。

职校操场上一片“我操！”“逮住她！”的混乱，大麻趁机翻身从墙上下来了，这一翻很及时，几秒钟后，那个汽水瓶就砸到了他方才坐的地方。

假如我们生活在允许出版的校园小说里，接下去的桥段应该就是大麻认识了那个被他救下的姑娘，小女子无以为报，许以看电影、牵牵手的奉献。大麻为了她，在职校大杀四方，得罪大佬无数，最后终于让姑娘找到了生活的新方向，比如考个大专，结果却不幸失明，大麻为了她的未来，捐出了自己的眼角膜，姑娘看到了明天的太阳，而大麻成了盲人，主动遁入茫茫人海，从此不再往来。

幸运的是，大麻生活在现实世界里。那个楚楚可怜的女生再也没出现在职校里，倒是过了几天，他又在墙头抽烟，另一个职校的女生跑过来，仰着脑袋问，喂，你卖烟的吧？给我一盒，随便什么牌子。大麻以前也卖烟给职校的人，不觉意外，但左看右看这姑娘，觉得脸生，以前没见过，说我现在身上只有兰陵了，算你七块一包。姑娘说行，但她个子小，手里的十块钱无论如何都递不上来，说，你拉我上去吧，我他妈也想坐在墙上抽烟，帅气！

大麻想娘们就是事情多，但顾客是上帝，虽然尼采说上帝已死，但金钱永不眠，还是费了点力气把她拽上来了。姑娘交了钱，拿了烟，抽出一支，让大麻给点上火，吸了一口，很老练的样子。姑娘问，你叫什么名字？

大麻说，我姓麻，他们都管我叫大麻。

姑娘点点头说，哦，我叫钟烨，钟表的钟，刘烨的烨，他们叫我中华，我就是前几天被你的汽水溅了一身只能剪短头发的姑娘。

说完，她胳膊肘忽然往后一捣。大麻只觉得胸口一痛，整个人失去了平衡，往后倒去，自由落体的过程中，他发现蓝蓝的天空越来越小，姑娘俊俏的下巴骨和小巧的鼻孔越来越远，最后“哐”一声，不算壁咚，只能算是地咚，整个人五脏六腑好像都给震成流质的了，最先着地的右手小臂一阵麻木。

墙上的姑娘已然不见踪影。

第二天大麻没去上学，下午三点职校放学的时候，他直接跑到职校门口，右手绑着绷带，一脸肃然。

自盘古开天辟地以来，只有职校学生去堵初中高中校门的，没有高中生去堵职校校门的，何况还是单枪匹马一个人。好在职校那几个开瓢领袖都是他的顾客，有话好说，问到底怎么了？大麻说我不是来找麻烦的，我就是找钟烨。开瓢领袖一脸释然地说这丫头啊，你不知道，是我们年级文化课成绩第一，成天疯疯癫癫神神叨叨的，我们都不去招她……她爸好像是个杀人犯。

大麻权衡了一下，打算撤，还没来得及走，钟烨就出来了，也是一个人，径直奔他面前来，说，怎么，想报复我？就你一个？还打着绷带？

大麻不说话。

钟烨一只手伸进校服口袋里掏啊掏，大麻不知道是刀还是枪，赶紧在心里温习当初地摊上淘来的军警二十四式擒拿手 DVD 的片段。姑娘却掏出一卷红票子来，往他胸口一扔，说，赔你医药费，够了吧？谁他妈让你瞎捣乱，把勾引我闺蜜男人的绿茶婊放跑了！隔天她就转学了！

大麻一愣，脑海里闪过那个姑娘楚楚可怜的柔弱样。在风把纸币吹走之前，生意人大麻一脚将其踩住，弯身捡起，相当于给钟烨鞠了个躬，说：

“谢谢老板了。”

第二天，我们高中每个认识大麻的小烟民都分到了一支用十块钱纸币卷起来的烟卷。我们第一次发现原来人民币的宽度和卷烟的长度差不了多少，只是这种“币耻烟”没有过滤嘴，是大麻亲手一支支卷的，用的是普通卷烟丝，还没烟纸贵。

卷起来的纸币偏厚，燃烧缓慢，还有股焦糊味，但大家毫无怨言。我们深信很少有人干过这种事儿，等我们长大以后人模狗样或者谨小慎微时永远都不会再这么干。但现在就是现在，我们全部坐到了墙头上，让人担心会不会把墙坐塌。职校的人揉揉眼睛，怀疑自己来到了印度。我们晃着腿，脚跟敲着墙面，享受着尼古丁、烟焦油和燃烧的金钱。

当钟烨和她同学走过的时候，大麻喊了一声：“谢谢老板！”

我们也跟着高喊：“谢谢老板！谢谢老板！”

据说，只是据说，有人看到钟烨的脸涨红了，不像女流氓，像个正儿八经的小姑娘。她拽起女伴的手，赶紧躲进了教学楼，好像下一秒我们这群绅士就会跳下墙把她打好包扛回学校。

大麻本来以为故事到这里就结束了，或者最多是哪天放学，校门口一溜儿职校小妞儿等着给他开瓢什么的。高中要傍晚五点半放学，职校简直是神仙日子，下午两三点钟就放了，大麻是怎么都跑不掉的。

但以上一切都未发生，只是几星期之后，大麻独自在墙上抽烟。他有时候真像个农村老大爷，平时也不打球，不带手机，闲着就在墙头抽烟。结果钟烨走了过来，昂着头，说，喂，拉我上去。大麻警惕地问你要干嘛？一边手瞎摸索，无奈墙头光滑平整，没有砖头或者狼牙棒。

钟烨说你别怕，别怕，我就是想找你借一件校服。

原来钟烨听说我们学校有个帅气得不得了的校草，是个住宿生，每天中午在操场上打篮球都有一狗票的女生和若干性取向可疑的男生在场边发花痴。钟烨特别想一睹风采，最方便的办法就是换层皮装成我们学校的女生翻墙混进来。

大麻听完后说，我只卖烟。

钟烨拿着几张毛爷爷在他脚跟下面晃了晃。

大麻：“好的老板。”

其实按照我们的理解，钟烨这样的姑娘，完全可以在放学后盯住某个倒霉的我校女生，尾随至僻静处将其一棍子干翻，把校服给剥下来。但大麻终于还是搞来了一件女生校服，方法未知，反正一个人要是能在高中里卖烟不被抓，必有过人之处。

钟烨对着这件难看的衣服摇头晃脑了半天，还是忍痛穿上，于午休时分在大麻的帮助下非法穿越我校边防线，到操场上一看那哥们，顿时两眼发直，觉得自己穿那么难看的校服也值了，说，啊，我他妈真想睡了他！

大麻说，这哥们平时撒完尿不洗手，除非想梳理发型。

钟烨说你怎么那么变态啊这么细致地观察人家嘘嘘，你是不是直男啊？

翻墙回去还是靠大麻，钟烨一落地，就说，衣服我收下了，明天还来，你在这里等我。

大麻在墙头忽然想起什么，大叫，不对啊你还没给钱呢！

钟烨朝他做了个“么么”的嘴型，撒腿跑了。

那之后，大麻就常把钟烨弄到高中里来。老看校草也会发腻，两人就在墙头抽烟聊天。时间久了，我们学会了识趣。本来大家都在抽烟，钟烨要是走过来，我们几个就会像群被惊走的乌鸦，跃下墙头，独留下大麻，直面女流氓。钟烨是个话痨，职校那边的什么破事儿都说给大麻听，倘若不是她人长得还可以，这种话痨一般在影视剧里都活不过两集。

钟烨说，大麻啊大麻，你知道吗，我们学校有对情侣，我们叫他们狗男女，从一年级进来就四处野合，楼顶厕所储藏室小仓库什么地方都玩过了，终于有一天那女的怀孕了，总算消停了半个月。

大麻啊大麻，你知道吗，电工班都是男生，里面有好多基佬，有几个出柜了，他们的妈妈成天以泪洗面。

大麻啊大麻，你知道吗，我们学校有很多民工的小孩，他们不能像本地户口的学生那样读金融、财会、日语、旅游，他们只能学美容美发、电工、酒店服务，你说我们学校这他妈是什么狗一样的思路啊，其实我们出去都找不到工作啊。

大麻啊大麻，你知道吗，我抽烟是因为我妈爱抽烟，我不想吸二手烟，就只好抽一手烟啦。

大麻啊大麻，你喷出的烟圈与众不同，里面好像藏着故事啊？你说说看，你他奶奶的有什么理想吗？

大麻总是叼着烟，听她说这些乌七八糟的事儿，像聆听游吟诗人用机关枪布道。等钟烨跳下墙头，大麻就问，中华啊中华，你说你已经蹭了我多少烟，欠了我多少次偷渡的钱？

钟烨就莞尔一笑，对着他做个“么么”的嘴型。

也有那么一两次，钟烨坐上墙头，接过大麻递来的烟，眼圈泛红，眼角含泪，但就是一句话也不说。大麻从来不问原委。短发的姑娘有故事，但漂亮的女流氓不想和你分享。他只是等着钟烨抽完一支烟就马上再递过去一支。有一次打火机没火了，墙头没别人，钟烨掰开烟卷就把烟丝往嘴里倒，然后大嚼特嚼。大麻看得触目惊心，钟烨嚼了三四分钟，嘴角漫出棕色的汁水，一口吐掉，抹抹嘴说谢了，然后跃下墙头。第二天她又像没事人一样晃悠过来，笑嘻嘻地昂着脑袋，说，喂，拉我上去！而大麻的口袋里已经装了一把打火机。

钟烨甚至还跟着大麻混进了高中食堂，因为“职校食堂的饭菜难吃得跟狗粮一样”。大麻就借给她一张饭票，自己没吃饭。说是借，但钟烨从来没还过他什么。也巧，吃饭时坐在钟烨对面的就是那个校草。校草也很纳闷，他习惯了女生们仰慕的目光，以及她们碰巧坐在自己对面时低眉顺目、不敢抬头看他的羞赧相，只有钟烨，敢直勾勾地盯着他看，嘴角如狼似虎，好像他自己就是一块肉。校草正奇怪平时没怎么见过这姑娘，刚要搭讪，钟烨却端起盘子走了。从小到大，还没有哪个女生敢这样对他，连他历任女朋友都不敢这样，校草气得手抖。

钟烨后来跟大麻点评说，帅是帅，但吃相太难看，还吧唧嘴，我不想跟他睡了，还有，你们食堂也难吃得跟狗粮一样。

大麻若有所思，问，那你以后不过来了吧？

钟烨：怎么？失落了？

大麻：不，是你得把账给结了。

钟烨挠挠头：要不我勉为其难睡了你，咱俩两清。

大麻莞尔一笑，对着她做个挥苍蝇的动作：你每次都拿假话蒙我，我看透了。

钟烨说哈哈哈哈，那我们做个游戏吧，我说一堆自己的故事，你猜猜看哪些是真的，哪些是假的。

然后也不问大麻愿不愿意玩，就说，我叫钟烨，我爹在我六岁那年杀了人，要坐牢坐到我三十岁才会放出来，我妈从不带我去看他；我有个喜欢对我动手动脚的继父，十岁那年他和我妈离婚，但为时已晚；我妈经营着发廊，所以你可以叫我“懂小姐”，每逢扫黄的时候我妈最紧张，十二岁那年的元旦，她被抓进去，我是在派出所度过的新年；小学时我暗恋过自己的老师，后来发现他来光顾我的家族生意；念初中的时候我一直想当个拉拉，给女伴表演站着尿尿；本来我可以考上高中，但我妈非要我考职校；我的闺蜜拉我出去和老男人约会赚钱，走到一半我就逃回来了，因为想到我继父。

钟烨说我一生唯一做过的好事是曾救下一只猫，还给了乞丐三块钱；我没有可以拿来流泪的故事，关于我的歌应该只有曲子没有歌词；我聪明到没有理想，就想知道天多蓝，海多深，星空多亮，人生一共可以经历多少操蛋的悲凉——大麻啊大麻，你猜猜看哪个是真，哪个是假？

大麻想了半天，问，都是真的？

钟烨掐灭了香烟，说大麻你真蠢，我怎么会只给乞丐三块钱。

两个人闹僵那次，钟烨刚惹了个小麻烦。她回家路上看到一个小学生买烟，本来还以为是给大人带，结果没走出几步小混蛋就拆封自己抽了起来。钟烨走过去劈手夺过来，说你他妈才多大啊就抽烟。小学生说你谁啊，关你屁事？钟烨一巴掌把小屁孩打得天灵盖飞起，说让你再抽。小学生常年吃快餐，靠激素发育，个头不小，一脚踢在她小腿上，钟烨疼得杀心大起，用烟头在他手腕上烫了个戒疤，然后没收了整包烟。

钟烨以前从没打劫过小学生，经验不足，当时忘了把校徽摘下来。第二天人家家长和派出所民警就带着小学生来职校指人，说她抢了小屁孩帮家里大人带的烟，还用烟头施暴。钟烨家里人赔了点钱，算是了结此事，但严重警告处分是肯定了。

钟烨和大麻在墙上抽烟的时候分外惆怅，说这小贱种长大了必定是祸害，我出钱，你去帮我灭了他。

大麻没理她这话，说，你现在抽烟、喝酒、文身、逃课、打架、背处分，青春电影里的技能点你都拿到了，就差堕胎啦。

钟烨说你怎么知道我没堕过？

大麻一怔：那你堕过？

钟烨点点头，说嗯，一点也不疼，没意思。

大麻说，哦。过了一会儿，他说我走啦，然后翻身下了墙头。这是他们认识那么久以来，大麻第一次不管钟烨先走掉。钟烨“喂”了他好几下，大麻都没理。

之后几天，大麻都没去墙头抽烟。去的人回来告诉他说，钟烨来过几次，看到他不在，就没过来。大麻说，哦，我戒烟了，以后也不去墙头了。我们转天又把大麻这番话在墙头上转告给钟烨，钟烨听了也没说什么，过了一会儿把那件校服拿来了，说你帮我还给大麻吧。我们说，大麻早说过了，这件衣服送你，他要了没用。

大麻没有戒烟，他只是会等到职校放学后才爬上墙头抽烟。但我们当时都以为故事到这里就结束了。

结果有天，碰上暗流涌动的职校打群架，规模之大，大概一多半的男生都参加了。新鲜的是，还有好几个女生操着家伙卷入其中，大概是帮男朋友的。高中的学生每年除了世界杯奥运会，就等着职校这种极具观赏性的大型竞技活动，教室窗口挤满了看热闹的脑袋，以及不怕老师没收了手机的业余摄影师。

局势对其中一派特别不利，大有被分而剿灭的可能，我们烟民里有一个眼尖的，发现钟烨和她的闺蜜就在包围圈里。

忽然我们发现有个穿着高中校服的身影跑到水泥墙边，极其敏捷地爬上墙头，一个翻身，就站到了职校的战场上。

大麻！有人惊呼：是大麻！

我们看傻了，职校的人也傻了。自古以来，江湖事江湖了，职校里面打架怎么他妈的还有从高中过来当外援的？还有没有江湖规矩？还有没有王法啦？

学校老师请示政教处，问怎么办？政教主任很淡定，说又不是在我们这里打架，这个只能算逃学吧？等职校把人押回来再说，现在关键是别让更多学生翻过去，也别让职校的人翻过来。

我们就像看着姚明在 NBA 打球那样，看着大麻在职校里玩自由搏击，手里痒痒，嘴里叫好，心里是说不出的民族自豪感。大麻也没辜负父老乡亲的厚望，以手臂骨折、脸上开酱油铺的代价，总算在警察赶到之前给钟烨那帮人解了围。

在医院打了石膏，在派出所录了口供，在政教处领了处分，在家挨了一顿揍，大麻几天后像英雄一样回到了学校。但他仍旧不去水泥墙上抽烟，而是跑到校门口加入老师们的烟民队伍。自职校一役之后，用我们当地话说，大麻已经“是个人了”，政教主任都另眼相看。大概他们觉得大麻这种人，注定在高中里待不久，要不就是主动退学出去闯荡，要不就是因为其他事被开除然后出去闯荡，对他，没必要再摆出老师高高在上的架子。

政教主任还跟大麻说，出了这件事，学校和职校商量好了，水泥墙以后会加高，墙头还会装铁丝网和玻璃碎片，你们以后没地方抽烟了。

大麻回来后老老实实地跟我们转述，然后低着脑袋道，我对不起大家。

但其实大麻更对不起的还是学校。就在墙头加高的消息传出来没多久，星期五早上全校出操的时候，校长还在台上讲话，却看到一个短发女生从领操台边上经过，自顾自往学生队伍里走。校长皱皱眉头，想哪个班的学生这么自由散漫，这么晚到还好意思从最前面进来，就要喊住她。

女生虽然穿着高中校服，却丝毫不理会校长，继续往前走，一边还在找人的样子。校长一喊，大家都注意到她了，纷纷猜测她是哪个班的，胆子这么大。忽然，女生停下，从某个班级的两列纵队当中走进去，班里的学生都没见过她，都感到莫名其妙。只有排在队伍最后面的大麻认识她，诧异地问，你一个人是怎么过来的？

钟烨没有回答，直接扑了上去。

那一吻，吻得穷凶，吻得极恶，吻得惊天地，泣鬼神，吻得礼崩乐坏，人心散乱。两次填补了我校空白记录的大麻，此刻嘴唇给咬出了血，大麻内心惊恐万分，但一声不吭。

钟烨脚跟落地，说，我要走了，大麻。

排在大麻前面的那男生从头到尾目睹了一切，甚至忘记了呼吸。直到钟烨要被两个老师气急败坏地架走了，他才缓过神来，对大麻说，哥们，你又要上头条了。

操场一吻之后，学校找工人加班加点完成了水泥墙的防御工事，小烟民们失去了最后的朝圣地，每天烦躁焦虑得像群更年期妇女。钟烨那天被赶出高中后，再也没找过大麻，也没去职校上学，我们总算能确定这次她说的是真话了。

而大麻，钟烨走后再也没有在学校里卖过香烟。我们都不问为什么，我们都知道星期五早上的那一吻，没有歌词的女流氓已经吸走了他全部的元神精气。现在的大麻，是根空心的烟卷，是个年轻的老庄。他没有如我们所畅想的那样，继续惊天地泣鬼神，让学生目瞪口呆，让老师脸色发白。他平安地读完了高中，最后考上一所名字比俄国人还长的大专。

大麻待在高中里的最后一天，带了一箱子烟过来，给每个抽烟的老师都发了一条。他一直留到很晚，天开始黑下来了，他才拆开最后一条烟，打开每一个烟盒。水泥墙边上都是泥地，大麻右手拿支水笔，在泥地上扎一个洞，就塞进一支烟，烟头朝天，远远看上去就像农民在插秧苗。

大麻花了半个小时，把 200 支香烟全部插好，地上密密麻麻一片。他掏出打火机，一根根地点燃，于是地上就有了星空。当风吹过，烟头一明一灭，如星星眨眼，飘起来的烟雾变成淡淡的银河。

大麻昂起头，看着水泥墙上的铁丝网，和短发女流氓坐在墙头的场景恍若隔世。

那时候钟烨说，大麻啊大麻，你听过我全部的故事，它们都是真的，但你要当成假的来听。你以后要写关于我的回忆，那里面中学生每天接吻，小学生梦想着抢银行，直男们是纯洁的荡妇，拯救世界的是没有堕过胎的女流氓，这样的故事永远不会出版，这样的故事永远不会被删改和玷污。

大麻啊大麻，等我看到纯正的星空，你就写一首关于我的歌，女流氓的歌，这首歌只有曲子，没有歌词，这样无论你在哪里，在何时吟唱，无论我在哪里流浪，多么迷茫，我都会爬起来点一支烟，等你把我拉到那高高的墙上。

·

守书人

他们说，一所没有图书馆的学校，就像个被阉割后不再完整的男人。粗鲁的比喻，但我喜欢。

这个世界上只有在这样几个地方我们会怀着一种发自内心的敬畏和信仰而保持安静：墓地、图书馆。

而一座图书馆对于我的意义，就是书的坟墓。

1

告诉我，你喜欢在图书馆读书吗？

我喜欢。

我喜欢图书馆的阅读气氛，每个人都像在做弥撒，专心致志，虔诚而安静，没有宿舍里室友玩电脑时的嘈杂，也没有自修教室里其他人进进出出的关门声和啃饼干的香味。

我们学校的新式图书馆兴建于十年前，从内涵上来说，藏书的官方数据是四百六十七万册，尽管从外表上来看，它像只缺了一大块边沿的碗。我总是坐图书馆三楼外借部的某张桌子边，右边是一排很大的窗户，阳光和煦。每天平均有两到三个小时我就在这里度过——我坐在这里，却能知道整个世界，就像诸葛亮当年虽然是个宅男，但他们家一定能开个小型图书馆。

但我不是个普通的借书学生，我是个守书人。

守书人和守墓人听起来有点像，只不过前者喜爱他所守护的东西，而后者……你明白我的意思。但我所守护的东西，可不是这四百多万册书籍，这是图书管理员该做的事情。

我只守护八十三本书，八十三本。

这个数字没有任何悬幻或者象征意义，它很实际。而在一年前的那个下午，他坐到我面前的时候，这个数字还只是七十八。

2

一直到今天我也不敢确定他说他叫尚书是不是真的，他也不告诉我他的年级和专业，但这无关紧要。

关键是，他知道我偷了什么东西。

假如你去查阅一个大学生四年当中在学校图书

馆的借书目录，就可以看出他是个品位怎样的人，甚至可以看出他学什么专业。不巧，我借的书很杂，觉得什么好看就去看什么，而不带有学习或写论文的目的性。

但不是每本书都和它们一样。

那天尚书坐在我的桌子对面，什么都不说，只是推过来一张小纸条。我疑惑地看了下那字条，倒吸一口凉气，合上自己正在泛读的那本书，定定地看了他一会儿，确定我们四周没有别人，轻声道：我们认识么?

他摇摇头，说，但我们都认识同一本书，在电脑系统里面它叫《晃晃悠悠》，在书架上它叫《柏拉图之恋》，但你和我都知道，这本书其实应该叫另一个名字。

说完他用手指头敲敲那张小字条，上面写着小小的四个字：

“噢，是你呵”。

3

让我教你怎么从我们学校的图书馆里面偷一本书。

任何一个现代化图书馆的常客都会告诉你，图书馆的书和普通书有两个地方不一样：一个是书名页上有张条形码，用专门的机器扫描后可以确认借阅信息——书名、作者、价钱、类别、架位等等；另一个是磁条，在书脊部位，任何没有消磁的书在进出外借部时，那道红外线探测门都会响声大作——这两个措施保护着图书馆里面所有的书不被混淆和遗失。

然而，他们都有个严重缺陷，那就是每张条码和磁条都是在书买来后用不干胶粘上去的，虽然很难把它们撕下来，但假如用锋利刀片把它们从书上切割下来后粘在其他书本的书名页和书脊上，那么就可以蒙混过关。因为在还书的时候，很少有工作人员去看电脑上显示的书目信息和手头上那本书是否相符合，尤其是在每周一上午这种很多学生挤在一起还书的高峰时刻。

一言以蔽之，狸猫换太子。

这个图书馆有几百万册藏书，意味着一百本书被动了手脚也不会被发现。而且就算发现了，每本书的借阅纪录上几乎都不会少于五个人，有些甚至已经毕业，只要那些学生一口咬定，就很难追查是谁做的。

比如我。

但显然，眼前的这个男生知道我是怎么做的。因为他在我面前把上面这些东西很清晰地轻声讲了一遍。

我身子往后靠去，同时脑子在飞快地回忆，最新那版《学生手册》里规定盗窃图书馆书籍是什么处分？三十倍罚款？开除？

忽然他笑了，起身扶着椅背道：其实你不必担心，因为你并没有盗窃学校的任何财产——有些事情，不是你想得那么简单。

4

用尚书自己的话来说，他不是什么追查孔乙己的福尔摩斯，他只是这所学校三万学生中很普通的一个，只不过正好他有个阿姨在图书馆工作，所以几年来他经常泡图书馆，而且可以进入图书管理系统，偶尔毫无恶意地查阅一下别人的借书清单。

他带着我穿过一排又一排我熟悉得不能再熟悉的书架，然后在一排书架前停下。

我很熟悉这个书架，就是在这里我找到了那本《噢，是你呵》。我说过，我看书很杂，什么样的书我都有可能拿下来翻几页，而这本书享受的不光是翻了几页后就放回原位的待遇——我唯一奇怪的是，他是怎么发现我的。

尚书并没有提起书的事情，而是忽然转身问我：你平时喜欢写点东西么？

我点点头：以前写，现在几乎不写了，只是看。

他耸耸肩：每一个喜欢写点文字的人，心里面几乎都有一个梦想，无论他或她本身的水平如何，那就是出一本书。但不是每个人都能写一本书的，更不用提出版。中国从来不缺写文章写得好的人，但图书市场上也从来不缺那些垃圾。有的人最终会在现实中放弃那个梦想，只有极少数的人成功了。这很残酷，所以有时候我们会用另一种方法来让自己成功。

自费出版？

那是在浪费纸张和钱。他讥笑的表情转瞬消失了：让我来告诉你，你换走的《噢，是你呵》，在这个世界上，只此一本。

5

尚书说，在这座图书馆的四百多万册藏书中，有七十八本书，和《噢，是你呵》一样，都可以称为“绝版”。

他们的作者名不见经传，很多人甚至连中学作文竞赛都没拿过名次，但他们是真正的作家，写自己真实的感想，不受出版商和刊物编辑的约束，不在乎读者，不在乎销量和市场，没有宣传和刻意的炒作。他们孜孜不倦地写作，投稿、枪毙、再写作、再投稿、再枪毙，直到有一天不再提笔。

然而，有一天，他们中的某个人忽然有了一个想法，那就是把自己所有写过的东西编成一本书，找业内人士排版，设计封面，请朋友写序，书上的刊号、出版序号、售价、媒体评语、条形码……一切的一切都伪造得像真的一样，但仅此一本，不做任何商业用途，只是为了纪念。

这样一本书的制作成本其实可能超过了他们印上去的价钱，但是也因为只有这么一本，所以付出的钱并不多。

当他们制作出这么一本书之后，也同时意味着他们写作生命的完结，所以你可以把这本书看作一个写作生命的尸体。

我们会把尸体放在哪里呢？答案是墓地。

沙子的墓地是沙漠，石子的墓地是海滩，树叶的墓地是树林——那么书的墓地呢？

自然是图书馆。

6

每个读书的人都有自己喜欢的作者，或者说，偶像。

或许，这也是激发他们从阅读转向写作的原动力之一。尽管他们知道自己很可能不会成为第二个偶像，但能让自己唯一的著作和偶像的作品放在一起，也是一种无上的荣幸。想想看，当业余侦探小说作家写的谜案放在柯南道尔或者克里斯蒂边上，或者武侠爱好者的最后之作被摆在金庸、古龙旁边，那是怎样的感觉?

而把书弄进图书馆很简单，因为他们认识一个叫尚书的人。

我不是第一个想到那种偷天换日的做法的人，也许尚书也不是第一个。总之，他从图书馆里摆在那些名家作品边上的书中借出来一本，将条形码移花接木到那些人唯一的作品上，然后还掉，工作人员都是根据书脊上的编号把书放回原位的，不会去看书名。

于是那些世界上独此一本的书籍安然下葬了。

而尚书呢，除了把书带进来之外，还像个守墓人。他手上一份名单：名字、作者、顶替哪些书、分别放在哪里。每个月他都会在电脑上查阅一次它们的情况，看看是否被人借走，同时巡视一遍，看看没被借走的书是不是还在原位。

然后一星期前的某天，他巡视到这排书架，发现那本《噢，是你呵》不见了，但查阅电脑发现已经被我“还”回来了，最后通过索书号发现，被掉包过一次的书又一次被掉包了。

其实当时我是欣喜多过愤怒的。尚书站在那排书架边，拿下那本被我冒名顶替的书，继续喃喃道：一个名不见经传的作者的作品，居然值得这样被人调包偷走——假如当初多点像你这样能赏识他的人，也许这本书真的就能出版了呢？

事到如今，我只能承认了：我明白了，我会把那本书还回来。

他急忙摆摆手：这不重要，关键是我找到了你，你喜欢书，就像我一样，并且你拥有一种强烈到几乎可以让你违反法律的偏执的热爱，你也能理解和同情那七十八个作者的心情和境遇。我今年已经大四了，不可能继续在这里看管那些书甚至带进来更多的书，所以，我今天不是在找一个小偷，而是在找一个接班人。

7

一个半月后，尚书从学校毕业，而我成为继他之后的守书人。

他走的那天，特别来图书馆看我，并且给我带来了礼物。

那天我答应他接替他之后，问了他一个问题，就是我偷走的那本书《噢，是你呵》只有上半册，下半册我一直都没有找到。

他说，守书人和那些作者之间有个约定：一个人只能放一本书进去，字数控制在十万之内。那本小说总字数在十四万，分为上下册，只能进去一本上册。

而他离开前来看我那天带来的就是下半册，只不过不是他亲手带进来，而是通过还书的程序。

他说守书人也在这个圈子里面，所以也可以带一本书进来，但没规定带的必须是自己写的书。

尚书走之后我在书架里找到那本下册，和上册一样的封面，印刷质地也一样略显粗糙。

我找了个位子，安安静静地一口气读完那个故事，在翻到最后几页时，发现作者还别出心地留了两张白页给读者写意见。只是那上面已经被写满了，仔细一看，是一封短信，开头赫然写着我的名字。是尚书写给我的。

8

这本书的作者其实是两个人，一个是尚书，另一个是个女生，他们当初在这座图书馆相遇。

那时他也喜欢写文章，两个人一拍即合，一起写了这部小说。

后来她的文字之路越来越顺，渐渐声名鹊起，最后终于出版了自己的书，去了国外深造，并且每年出版一部畅销作品——说了她现在的笔名，的确是一个著名畅销作家——而每当她离成功越近一步，就离原来这个圈子和他越远一步，最终不再联系，仿佛不曾认识他，不曾存在于这个圈子，也没有出过这样一部小说。

书名“噢，是你啊”，源自他们在图书馆初识时她对他说的第二句话。

第一句是“谢谢”，因为当时有本书放得很高，很矮的她够不到，他帮她取了下来——在此之前，他们已经在图书馆的书架间邂逅很多次了，彼此熟悉，只是没有语言交流。

短信的末尾，尚书写的是这样一句话：

这是她的处女作，只是她永远不会承认，就像这是我的初恋，而我也不愿承认一样。

9

合上那本书，我的脑海中忽然浮现出小说开头的那段，男女主人公就是在图书馆里认识的：

“书就像你的女朋友。每当你踏进图书馆的时候，寻找书的行为就像择偶。

有时候，你一开始就知道自己想要什么样子的书，如同脑海里有清晰的五官轮廓身高体形；有时候，你只是在里面闲逛，手指尖在那排脊背上轻轻滑过，忽然无意中看到一本自己很喜欢的书，电光火石，指尖停滞，或者称之为‘一见钟情’。”

那时的她，还是个单纯的文字爱好者吧。而尚书已经是个守书人了，只是一直都没行使放一本自己的书的权利。

可从她离开那刻起，他心目中的女主角便开始死去了，于是他放弃了写作，在这里守护着那个单纯的她的最后之作。

直到若干时光后，我这样一个盗墓贼偷走了他爱人的尸体。

我起身，走到一个书架边，把小说的下册——那第七十九本书，放到上册边上，紧紧挨着。

《噢，是你呵》（上）。

《噢，是你呵》（下）。

现在，他和她，都被安静地埋葬在这里了。

·

身份证请登记下

我一直纳闷为什么有些人喜欢把青少年的第一次叫做“偷吃禁果”。

使用这个说法的人应该多读点书，《圣经》中偷吃禁果的代价是亚当和夏娃穿上了衣服，而不是脱掉衣服，更不是脱掉衣服以后做的事情。

跟我合伙开情人旅馆的神油同学则相信，在我们所不知道的某个平行宇宙里，有个政治无比正确的上帝，他在创世纪初期创造的不是一男一女，而是两个裸男，并且教会了他们开后门和DNA克隆这两大技能。

言归正传，我将要说的故事发生在世纪之交，那时候中国大学生总体的性生活频率低得叫人担心，远远落后于西方发达国家水平，连中国男足的世界排名都比它强。

确定恋爱关系不意味着上床，完整的处女膜意味着更高的婚嫁筹码，爸爸妈妈们如此教导。

有时候顾及到女友在学校里的名誉，男朋友甚至要维持着大雪无痕的假象。那种感觉，就像你上大号时居然可以一泻千里一气呵成，但别人只能站在马桶前叹为观止，你无法跟那帮便秘二十年的家伙分享这种震撼。

但是在2002年的5月，我们大学有对狗男女勇敢地突破了禁区——他们在某学院行政楼的团委办公室里干好事，却忘了很重要的细节：关灯。

那是晚上八点半，整栋楼就俩窗户亮着，对面楼天台上，两个影视学院的学生正用 DV 机拍摄夜景作为作业素材，然后就发现这两个同学正用身体在办公桌上不断组合成 K、 W 和 4 的形状。

拍下视频的两个哥们觉得做人不能那么自私，就给传到了一个论坛上。

小成本，渣设备，本色出演，效果轰动，影响恶劣。

当时没看过或者耳闻过这段视频的都不好意思说自己是母校学子。

这件事改变了好几个人的生活轨迹，包括我。

视频里的姑娘是我女朋友，但男主角不是我。

从某种角度来说，她的一夜成名不能算是背叛。当初刚开始谈恋爱的时候，她就承诺过，要是有一天我在学生会混上了主席，就跟我去开房。

有的姑娘希望对象有钱，有的姑娘希望男友帅气或者有才华，有的喜欢皮肤黝黑或者留胡子的男人，这我都能理解。但我女朋友的点比较奇怪，我一度怀疑这是她不愿开房而故意设置的门槛。

但当我在校学生会和学院学生会竞选部长失败，主席之门向我彻底关闭之后，她很快就跟自己学院的主席在团委办公室来了一发，足以证明她是个言出必行的好姑娘。

那段 7 分 12 秒的视频既是她的退学申请，也是给我的分手信。

每个知道我戴了绿帽子的同学都怕我会受刺激自杀，只能说他们低估了我在学生会练就的超好心态。当你发现和你竞选下届部长的候选人是老部长的女朋友或者某个副师长的女儿，你还能义无反顾投入进去，那就证明除了黑暗料理街的地沟油蛋炒饭之外，没什么东西能杀死你。

“要自杀也是她自杀，凭什么是我？”我对大家这么宣称。

但面对神油，我还是在大排档上一边猛灌啤

酒，一边含泪咒骂从小学班主任到大学门卫的每个人。

当我喝到离用脸擦地还有半杯啤酒的当口，神油猛吸一口烟，问，反正你现在仕途也没了，要不要合伙干一票生意？

“什么生意？”

“开情人旅馆。”

我愣了愣，说，好啊，最适合我这种处男了。

然后我就从凳子上一头栽了下去。

神油是我高中同学，他爸是北方人，母亲则来自温州，但属于温州的穷人阶层。当初我高考发挥超常，进了这所一本，他发挥失常，进了这所一本隔壁的大专。进大学后神油体内的母系基因似乎觉醒了，不上课，就想着创业做生意，三天两头往我们学校跑，因为“你们学校人口多，是个大市场”。

他的第一桶金来自吃宵夜。

当时大学周边商业不太发达，店都没几个，更别提外卖了，男生们晚上的宵夜基本都是泡面。

泡面买卖被宿管阿姨垄断着，神油没办法和中年托拉斯们对抗，但他很快发现有几样东西阿姨是不卖的，它们恰恰是给泡面锦上添花的绝配。他便在宿舍床下常备一些火腿肠、卤蛋和泡椒凤爪，售价比外面贵 50%，仍旧顾客盈门。

那之后宿管阿姨们看到神油都眼神异样，大概觉得竖子非凡人也。

慢慢地积累了原始资金，神油开始做二道贩子，在我印象里，他来我们学校倒卖过轮滑鞋、网球拍、走私烟、病假条，还有期末考枪手。

有一次他甚至把自己学校教务处的学生证照片电子档偷出来卖掉了，每张照片上都有姓名和身份证号码水印。

那阵子神油出来参加同学聚会时总是一身韩版修身英伦风学院小西服配国产运动鞋，一坐下来就找插口给手机充电，蓝牙耳机不肯拿下来一秒钟，一言不合就接电话跟人讨价还价商家进学校做活动的价格，挂了电话就说最近在跟中国移动谈一笔二十万的赞助。

我们当时都把神油当精力充沛的笑话来看。

可是快两年过去了，我把全部精力投入学生会，结果连学院里的副部长都没混上，神油已经在我学校外面的小马路上开了一家啥执照都没有的奶茶店，该店兼职打印复习资料，晚上十点后还会摆出烧烤摊。

神油在学校里做生意，鲜有失手和看错的。

更可贵的是执行力。夜排档第二天我宿醉还没完全好，他就把我拉到学校北门外。一公里不到的小街上有两三家小旅馆，最破最小的“飞飞旅馆”就是神油的目标。我看下来的结论是，如果逼着我非要在这里和垃圾焚烧场之间选一个地方打炮，我很可能会选择割掉自己的蛋蛋。

神油就是看中这里的破败。

这家店原来的老板是个五十多的老头，本地人。当年政府在这里建设大学城，征用了他家的农地，老头用补偿款开了这家旅馆，经营了两年，生意不好不坏。一星期前，他在二楼某房间里和一发廊小姐玩斗地主，斗得太猛，死于马上风。

老头的老婆很早就去世了，留下一个二十来岁的儿子（小名叫飞飞……），职校毕业后不肯找工作，天天窝在家玩电脑游戏，一直玩到某天屏幕爆炸，险些毁容。那之后他就开始回归中华传统文化，不分昼夜地专注于麻将这种更安全的娱乐活动，一点也不想管理这所破落的旅馆。

只要能保证他每天搓麻将的小钱不断，老爹死不死都无所谓。

我们来投资考察的时候这位酒店太子爷正横在大堂沙发上补眠，几个耳光也打不醒，身上的运动衫感觉好几天没脱下来过。

“别看这里又破又小，但证照齐全，当地工商税务和老头家里还沾亲带故，入股价格还很便宜。”

神油已经和二世祖谈得差不多了，打算以合伙人身份投个两三万进来，做些翻新。但他自己各类业务都很繁忙，需要有个信得过的人坐镇此地，担任代理首席执行官。

“你……确定能赚钱？”

“你们学校学生总数一万二，男女比例 1：1.2，食堂师傅从不在饭菜里下阳痿药——所以我们有全世界最好的生意伙伴，”神油双眼放光，“人类的本能欲望。”

两星期后，这家旅馆以“一本到”的名字重新开张营业，整个更名程序一点都没劳烦工商局的同志，只是换了大门口的霓虹灯招牌。

新店的定位是完全服务于学生群体，为此神油上来第一步就是跟周边发廊老板打招呼，请小姐们以后接客包夜不要来惠顾本店。

其他旅馆的人都觉得这个新CEO脑壳坏了，学校西北面是几个集装箱堆场，集卡老司机们最大的爱好就是抽烟打牌找小姐，这些发廊向来是小旅馆的摇钱树。

后来的事情证明神油脑壳很好使：每次当地派出所突击查房，“一本到”都是最干净的，不像其他旅馆老有男女抱着脑袋出来被送上面包车；随着扫黄行动越来越频繁，半年后学校附近的发廊几乎消失殆尽，其他店这才想着招徕学生顾客，但那时“一本到”的口碑已经形成了坚固的品牌，根本没法与之竞争。

在宣传营销方面，神油用上了他当二道贩子时全部的经验和智慧：学校海报栏、男厕所门板背面、寝室门缝下面都能见到我们的A4纸传单，传单末端被竖着剪成一条条，上面印着订房电话，有心人撕一条下来带走，谁也不知道这个号码用来干嘛，比带着一整张传单要低调多了。

传单上特别说明，本校学生凭学生证即可开房打折，折扣额度最高可达七折，但视院系和日子而定：星期一是理科，星期二是商科，星期三是工科，星期四是医学院，星期五是文科，周六周日全校七折。

只有两个院系比较特殊，一是艺术类，因为光顾太频繁，只给九折；另一个是外语系男生，太过稀有，偏偏单身居多，所以全年六折。

已经毕业的校友同样享受以上优惠政策。

电话订房时，为了保护客人隐私，我们还会采取代号，客人的预约名字一般是几个随机英文字母的组合，比如 PDG、BLK、EBOD、ABP、SNIS 之类，对前台报的预约号码则是随机的三位数字。

我们管每天的预约名单叫排片表。

走进我们旅馆的房间，你会知道什么叫极简主义，没电视没书桌没沙发没衣橱没茶几，神油翻新的时候只抓住了重点：能动起来的空调、足够的卷筒纸、一张无比坚固的床——坚固到能在上面开坦克。

至于我们的热水，就像正义那样不会缺席，只是姗姗来迟。

但浓郁的文化氛围弥补了物质上的缺陷，比如床头正上方会贴着一张“忍住！坚持住！”的标语，是男生看到还是女生看到还是同时看到则取决于他们的姿势；浴室里贴的是“打一炮换一个地方”；洗手池水龙头上面贴着“Coming”；走廊墙壁则涂鸦着四行大字——

“珍爱生命，远离毒品。文明开房，低调叫床。”

后半句无人理会。

最贴心的是床头柜上会摆着一支中华香烟，一旁的火柴盒上水笔写着“Fucking makes you alive”。

我们的退房也很有特色。传统做法是客人到前台退卡，为了避免学生顾客之间相遇时的尴尬，我们退房都是前台的人直接上门，拿卡退押金。反正也就七个房间。这么优质的客房服务，钟点房三小时 70 元，过夜 110 元，在 2003 年的郊区大学城不算太便宜，但比起方圆几公里内唯一的二星级宾馆——校办宾馆要便宜得多，那里 380 一晚的价格足够让大多数男生瞬间阳痿。

为了表示合作的诚意，我卖了自己的笔记本电脑，拿出两千块钱入股神油的酒店业，白天翘了所有可以不去的课，在“一本到”前台值班。

上班第一天我就很忐忑，好歹在学校混了两年，学生会认识那么多人，有熟人来开房，或者我在学校里遇到房客，何其尴尬。

神油知道这个顾虑后，转手就给我弄来一个奥特曼面具。

所以我们的熟客也管这里叫 M78 星云。

负责值夜班的就是太子爷，神油帮他直接在大堂里支了个麻将桌，叫来几个牌友，在各种叫床的循环立体声里通宵筑起四方城。

除此之外，本店主要员工还有一个清洁大妈，也是本地人，曾有个老公，若干年前酒后杀人潜逃，至今下落不明，她独自把儿子拉扯大，现在省城夜店打工。该大妈手脚麻利，习惯用拖把擦洗从地面到洗手池到马桶圈等一切设备，最高纪录是2分钟打扫完一个房间，捡到客人遗失的任何物品都打死不承认。

另一大主力员工是个皮肤黧黑的秃顶老头，光棍了一辈子，以前在旅馆隔壁开了家计生用品商店，名片上官方头衔是“威猛先生成人情趣生活品质体验旗舰店首席总代理”，我和神油私下管他叫计生兽。

因为生意不景气，老头被前任旅馆老板招安来当保安（老头之间惺惺相惜），还不忘向客人兜售情趣内衣和劣质安全套。值班时他戴着大墨镜和假金链子，一袭紧身衣T恤，往大堂沙发一坐，那架势，只能说别人家保安穿制服，我们保安像流氓。

计生兽再加上戴着奥特曼面具的我，整个大堂像上演行为艺术展。

你问他在室内为什么要戴墨镜？因为计大爷人老心不老，喜欢观察来开房的各色女生，在内心里评头论足一番，墨镜掩饰了那猥琐雀跃的眼神，让他不至于被女孩的男伴痛打一顿。

白天我不值班的时候，就由该大爷顶班。我们从不担心计生兽会携款逃跑，他的主要精神生活就是在旅馆里看来往的女大学生。

等客人拿了房卡上楼去之后，计生兽经常幽幽来一句："那女的没穿内裤。"

"你又知道了……"

计生兽高深莫测地点点头："我就是知道。"

总有一天要被他逼疯。

但我们的生意不错，排片表大部分时候都是满的，哪怕是在考试周期间。有一次来了个来参加研究生考试的外地大学生，为了省钱订我们这儿。我好心劝解他，为了考试大计，就算睡大街也比住本店清净。他不听，结果下午四点入住，晚上九点退了房落荒而逃。

唯一能和我们抢生意的就是网吧，那个三块钱一小时，管通宵叫“包夜”的堕落之地，是人类享受美妙性爱的大敌。

“我不缺性生活，我每晚都操一遍联盟的人，为了部落。”

以上引自某魔兽世界玩家语录。

“当然，偶尔也被他们操翻。”

“一本到”常客里，有个人我给他起了代号叫“Mr. Change”，简称 MC。

看名字就知道， MC 同学床伴换得很勤。

爱好八卦的计生兽和附近几个旅馆的人交流了一下，基本可以确定 MC 带女孩开房的规律：每个女孩都会跟着他把北门外的旅馆招待所逐一体验一遍，就像 F1 赛车都有分站赛那样，一站站跑下来，跑完了你也就出局 OVER 了。我甚至相信他肯定备着一张表，和哪个女孩进展到了哪站都有详细记录，以免搞错进度出现尴尬场面。

一开始我们都很纳闷， MC 长相平平身材平平，也不像很有钱（有钱就去好点的地方开房了），为什么能追到那么多姑娘。

计大爷的猜测建立在渊博的历史知识上：他肯定是个嫪毐般的车轴汉子。

这个谜团在我有天路过一张校园海报时得以破解：他是本届十大歌手总冠军，据说模仿张学友和陈奕迅惟妙惟肖。

对那个年代的姑娘来说，这是最好的迷情药，别人开房姑娘叫床， MC 开房边开边唱。

神油说，这叫“果儿”，得亏有这样的好女孩，我们的生意才能蒸蒸日上。

MC带来的第六个果儿很特别，巴掌脸，樱桃嘴，有着一头洗发水广告里才有的飘逸秀发。

这样漂亮的长发我以前见过一次，是上学期影视学院有门电影赏析课，连着三堂课讲日本情色片，结果消息一传十十传百，最后那次课时阶梯教室里乌泱泱挤满了人，席地而坐的学生一直铺到讲台跟前。我好不容易在倒数三排的走廊缝隙找了个空间，在我左前方隔着两个女生，就站着这么个长发女孩，巴掌脸，樱桃嘴，白巧克力般的皮肤，是我喜欢的类型。

如果当时我没有女朋友，很有可能上去问她要号码，哪怕被拒绝了也死而无憾。

现在，我们在“一本到”又重逢了。

那时候开房不要求登记全部客人的身份证，我没能知道她的名字，只能看得出来她对我们这儿的环境和我的奥特曼面具不太适应。

沙发上的计生兽目送着女孩的牛仔裙走上楼，

扭回头缓缓道：“没穿。”

我说：“我去买包烟。”

MC开的是钟点房，两个多小时后我接到电话去退房，他们走后我对着床单和被子研究了半天，没有发现触目惊心的颜色，门外的清洁大妈则一脸惊恐，以为我要断她财路。

晚上我和神油在烧烤摊吃宵夜顺便开董事会，说了这件事，神油唯一的想法是，也许我们应该把床单都换成红色。

神油这人就这优点，当他思考着怎么挣钱的时候，“别人就算在一边强奸我妈我也不会察觉。”

父母在他小时候因为收入低的问题常年冷战，高三那年任性地离了婚，这让他深信没有经济基础就不配谈爱和性。

我们的房间排片表没有天天爆满，神油就很焦躁。为此他出资赞助了学校里所有的男女联谊活动，不管是学生会还是社团还是宿舍楼管理委员会办的。他说这帮人每十个人里有一对要是成了，坚持半年不分手，一周开一次房，就全部回本了。计生兽卖的那种九块九一套的情趣制服，客人用完后一般就扔在房里，清洁工大妈拿来洗干净，计大爷重新熨烫包装后当新的卖。神油察觉这个勾当后不仅不制止，还大受启发，不知道托人从哪个医院弄来一个快报废的旧病床，从附近小学收购来两套课桌椅、一块破黑板，把两个房间分别打造成急诊室和教室，搭配计生兽的制服产品，效果明显。

我们甚至雇了一个逃学的高一学生为我们打工，这小子离家出走流落到我们这儿，就差要饭了，结果被神油留下，包吃包住，给他一台破手机一辆二手摩托，专门负责把订房的顾客情侣从学校里接到旅馆来。

最让我受不了的是，“三人行”的这小子初三那年就破处了。

和神油同样敬业的还有 MC，保持着三四天来一次的频率，但连着三次都带洗发水女孩，让我们很看不懂。

“必有过人之处。”计生兽若有所思道。

“大概是找到了真爱。”我没好气地说。

事实很快证明我们俩都猜错了，MC接下去又换了个风格迥异的女生来光顾“一本到”和其他旅馆。我上去退房的时候，隔着“急诊室”门板就能听到MC跟对方说“她性冷淡”“试过多少次一点用都没有”“这病没药治”“说是第一次但没掉色啊”。唯一能让我略感安慰的是，MC和这女生刚买的那套护士服，已经在计生兽手里来回流通了十多次了，越洗越白，真相看不出来。

神油对我的萌生退意大为不解。

“一本到”开业仅半年，已经成了这一带人气最高的旅馆，他当初的投资接近回本，太子爷每晚搓麻将的赌注跟着水涨船高，就连分红最少的我，月收入也可以在全校学生里排进前十（不算被包养的女大学生）。

神油接下来的计划是在本市其他大学城里开分店，再过几年，就可以注册个公司，变成正式连锁店，向制霸全国的目标进军。

“你没必要因为几个客人是人渣就跟自己的钱过不去啊。”

神油开导我说，想想看那些在大腿上揉搓烟叶的古巴雪茄女工，她们的顾客既有南美毒枭、非洲军阀或者人体器官黑市贩子，也有伟大的哲学家、文豪和切·格瓦拉。

“既然我们身处商品社会，那么商业道德就是全部道德。至于其他东西，留给神父和方丈们超度去吧。”

“我又不信教。”

“没错，这正是我们的优势，我们相信所有的神，又不信仰他们。”神油拿起一串羊腰子，“你说的那个姑娘，连叫什么哪里人几年级什么系都不知道，只是个过客。”

真的只是个过客吗?

命运之神似乎有意和神油作对。 MC甩掉洗发水女孩后不久，我总能在学校各个地方偶遇洗发水女孩，有时是在晚锻炼的操场上，有时在食堂的清真餐厅，或者教学楼电梯里，和她相距不足40厘米。

她总是独身一个人，可以拍广告的黑长发已然剪短很多，还染成深棕色。

当初在日本情色电影赏析课上，她还是和几个女生一起活动的，精神状态也没有现在这样低落。

她甚至还出现在我的梦境里，就躺在一张血红血红的床上，地上也全是血，却闻不到血腥味。她的头发之长，能一直铺到墙壁上，像黑色爬山虎。

红床，白肤，黑发，触目惊心。女孩紧闭双眼，不声不响。

最后床铺的颜色融化了她和她的长发，一切归于猩红。

我把这当做噩梦，神油则认定我只是《美国丽人》的盗版碟看多了。

那阵子他正在劝说太子飞飞把学校南门外的一家小旅馆盘下来。

“一本到”经过他脑洞大开的不懈改进，如今排片表不但天天满员，情人节圣诞节七夕节当晚的房间更要提前一个月预定。

何况神油又新开发了另一个顾客源：外国留学生。他们本来有单独一栋留学生公寓，但这帮亚非拉朋友有几个特别会闹腾，开派对都能吵到对面宿舍楼的中国学生，宿管部不得不出了禁令。神油得知后主动去热情邀请他们来“一本到”办派对，专门把走廊尽头的一个房间“精装修”了一下，作为VIP总统房，不按时间而是按人头算房钱，并且约定好晚上十点以后就不能再闹了。

这帮老外欣喜若狂，隔三差五就带着酒水香烟

iPod 音箱组团光顾。

不明就里的客人还以为我们在旅馆里开了个酒吧。

更糟糕的是，派对动物们不知道怎么地认识了一支学校里的地下摇滚乐队，你简直无法想象全世界最闹腾的两帮人带着四箱啤酒聚在 20 平米的房间里会发生什么。

那支乐队的成员每个人从头到脚散发着一股荨麻类植物燃烧后的气味。他们很感谢我们对亚文化群体的包容和放纵，专门为“一本到”旅馆创作了首歌，叫《打炮司令部》，旋律明快节奏强烈，歌词改编自丘吉尔二战时著名的演说词：

我们决不气馁，决不退缩。

我们要坚持到底。

我们将在草坪上作战，我们将在湖边和树林中作战，

我们要在篮球架下作战，

越战越久，越战越强。

不惜任何代价保持隐蔽，

我们要在厕所作战，

我们要在自习教室作战，我们要在天台和图书馆作战，

我们要在院长办公室作战，

我们永远不会缴枪投降，

永！远！不！会！

永！远！不！会！

神油很喜欢这歌，觉得特别符合情人旅馆的主旨，开房时就要听这种“插曲”。

我本以为再也不会在旅馆出现的洗发水女孩，也跟着乐队成员来参加派对。计生兽认出她来，在沙发上摇摇头，说，可惜。

大概是说头发吧。

洗发水成了派对的常客，总是玩到很晚才跟着众人一起走。有一次她挽着乐队鼓手的胳膊提前从

总统间出来，鼓手一身酒气地问我，还有房么？

空房其实是有的，本来有个订房的客人临时有事不能来。

我摇摇头。他们只能出去换一家旅店。

这个鼓手后来也带其他女孩来派对，然后带着她们提前离开，洗发水都在场，且毫不在意。

直到有一天，太子飞飞吃坏肚子在医院挂水，没办法组麻将局和值夜班，我临时顶了一次班。十点钟派对结束后那帮人都回学校了，我让清洁大妈上去打扫，自己到外面的便利店去买包烟，走到一半就发现路边草丛里躺着一人。

大堂里的计生兽大爷还有不到半小时就要下班，已经摘下墨镜，他看到我扛着醉得不省人事的洗发水女孩回到旅馆，眼中流露出欣慰和赞许的目光。

他绝对想多了，我在女孩身上没找到任何证件，也没找到手机。之前开派对的房间正好空出来，我直接让她在那里面过夜。

第二天早上六点多，总统间就打电话给前台要退房。

我戴好奥特曼面具，上楼叩开门，女孩的脸色像刚刚从停尸房里复活过来似的，她刚刚洗过脸，水珠还没擦干净，有气无力地靠着门框。她问自己是怎么跑回旅馆的，我骗她说是她朋友在草丛里发现了她，给送了过来。她愣了一小会儿，从钱包里掏出仅有的一张百元大钞，说房钱她自己付，押金什么以后退给她朋友即可。

其实一百块是不够房费的，我没说破，把钱收好，她忽然想起来问，你其实是我们学校的学生吧？

见我没否认，她说，这样真好，面具一摘，就是另一个人了，和什么都没关系了。

我说，这个地方，你以后少来吧。

她不置可否地笑笑，拿起单肩包摇摇晃晃地往大门外走去。

我看着总统间，忽然很想放把火。

洗发水女孩高估了面具的力量，摘不摘，我都和神油捆绑在“一本到”所代表的肉体观和商业模式上，只不过论收益和风险，神油占的比重大了很多。

单说白手起家，神油绝对是他们学校（甚至是我们学校）的学生首富，比那帮问父母借三万块钱炒股赚了两千块的学生不知道高明到哪里去了。

这同时也意味着，一旦出点岔子，神油就从风口浪尖变成在刀尖上跳舞。

首先是学校里不知道从哪儿冒出来一帮中世纪穿越过来的学生，打着净化校园空气的口号，发起“对自己负责，拒绝婚前性行为”的宣传运动，又是挂横幅又是发传单，还组织签名活动。传单里点名批评了学校周边若干家小旅馆，认为它们是精神堕落和作风糜烂的温床和魔窟，应当关门歇业。传单作者显然忘了这些旅店也解决了每年送新生报到的家长和考研学生的住宿问题。

但这只是蚊子叮苍蝇吵，最多当一场行为艺术来看，比较致命的是旅馆本身发生了几个意外，神油的酒店业急转直下——

先是有对开房的情侣居然是来吃堕胎药的，女生吃完药按照民间偏方玩命蹦跳，胎儿没下来，血倒是流了一地，男生眼看要出事，赶紧打 120 叫救护车，抢救及时，总算没出人命。

那房间我们清理了好几天，用清洁大妈的话来说，事发当时里面整个一屠宰场。

这个消息在学校里以讹传讹，变成那个女生吃堕胎药在我们旅馆里挂了，让生意很受影响。

紧接着，负责“三人行”的中学生童工在学校里接送客人，跟某教授的汽车撞了一下，好在汽车当时限速行驶，没出人命。情侣双双骨折，童工断了两根肋骨，同时也被民警同志发现是长期潜逃在外的……翘家学生。

神油赔了一大笔钱，还面临着被童工家长起诉的危机。

接下去就是神油被学校开除了，罪名是不上课，考试成绩差，涉及未经校方许可的商业活动。这个神油倒不在乎，要是你考上一个专科院校的海洋生物工程专业，而最近的大海距离你们学校有七百公里，你也会无所畏惧。

真正致命的打击，是我们的赌神太子飞飞在麻将桌上欠了一屁股债，最后不得不把对旅馆的所有权拿出来抵债。

所有权转来转去，转到一个专门开网吧的本地老板手上，他打算关掉“一本到”，开一个豪华型网吧，兼营汉堡和炸鸡。当时很多学校不让大一新生带电脑进宿舍，故而他深信，在大学边上开网吧才是未来二十年里最暴利的挣钱渠道。

神油和那老板大吵了一架，说不出五年大学生人人都能带电脑，你到时候搞个屁。戴着真金链条的网吧老板吵到最后索性把五万块钱丢在神油脸上，说你给我滚，再让我碰见就废你一条腿。

神油人脉再多，也是在学校里和外面企业里，跟地头蛇较劲是以卵击石。

相比之下，洗发水女孩在旅馆房间里服药自杀这种事，对神油而言就是云淡风轻了。

其时“一本到”已经歇业关门，她是在另外一家旅馆房间里迎接死亡的。没人知道女孩自杀的原因，她没有留下遗书，只是在床头柜上用水笔写了一个词：

“Coming ”

据说那家旅馆的清洁工曾想尽一切办法把这个词擦掉，都失败了，旅馆老板只好把床头柜给换了，又歇业三日，在那个房间烧了三天香。

在校外旅馆服药，不比在教学楼顶一跃而下那样高调，学校又很善于处理这种突发事件，所以我一直都没能打听到女孩的名字。

就像神油说的，你不知道她叫什么哪里人几年级什么专业，只是个过客。

神油自己也成了这片土地的过客，临走前，他鼓动我退学跟他去北上广闯荡，我说我那知识分子家庭出身的老爹老娘是不会同意的，还是算了。

他给我留了五千块钱，走人。

神油走后第七日，学校 BBS 论坛和几个食堂外的海报栏上出现了一份名单，姓名、学院、性别，以及次数。

有人不明就里，有人义愤填膺，有人心虚不已。

名单落款，是一个线条粗陋的手绘奥特曼。

然后这事儿很快就被人遗忘了。

图书在版编目（CIP）数据

守书人/王若虚著.-上海：上海文艺出版社.2021
ISBN 978-7-5321-7509-3
Ⅰ.①守… Ⅱ.①王… Ⅲ.①中篇小说－小说集－中国－当代
②短篇小说－小说集－中国－当代 Ⅳ.①I247.7
中国版本图书馆CIP数据核字(2020)第041965号

该书2019年度获得上海文化发展基金项目扶持

发 行 人：毕 胜
策　　划：李伟长
责任编辑：李 霞 王丹姝
封面设计：钱 祯
封面插画：施晓颉×公号：痴吃喵

书　　名：守书人
作　　者：王若虚
出　　版：上海世纪出版集团　上海文艺出版社
地　　址：上海市绍兴路7号　200020
发　　行：上海文艺出版社发行中心
　　　　　上海市绍兴路50号　200020　www.ewen.co
印　　刷：杭州锦鸿数码印刷有限公司
开　　本：787×1092 1/32
印　　张：6.5
插　　页：5
字　　数：100,000
印　　次：2021年1月第1版 2021年1月第1次印刷
I S B N：978-7-5321-7509-3/I · 5974
定　　价：46.00元
告 读 者：如发现本书有质量问题请与印刷厂质量科联系　T: 0571-88855633